VOIR LES SCIENCES

Histoires d'eau

OLIVIER SOURY

BBC
FLEURUS
fleurusvoir.com
vnf voies navigables de France

À mes enfants, Théophile et Armand

Je tiens ici à remercier dans son ensemble la communauté scientifique pour ses recherches, qu'elle poursuit encore et encore... ; ainsi que tous ceux qui, par leurs travaux (ONG, associations, sociétés hydrotechniques...), contribuent à ce que l'eau ne devienne pas une source de pression politique et économique pour l'humanité.

Merci à Danielle, mon éditrice, et Nicolas, pour leur confiance.

O. Soury

Texte : Olivier Soury
Direction éditoriale : Christophe Savouré
Édition et iconographie : Danielle Védrinelle
Direction de création : Laurent Quellet
Direction artistique : Isabelle Mayer et Armelle Riva
Fabrication : Florence Bellot et Thierry Dubus

Film : *Merveilles de l'Amazone*
Production : Michael Bright, Emma Rigney © BBC
Prémastering : DVD Maker

Conception graphique de la collection : Studio Bosson
Maquette : Christine Loiseau et Claude Poirier
Illustration de couverture : Marc Simonetti
Contribution rédactionnelle et index : Sylvie Allouche, Jérémy Roussier

L'éditeur tient à remercier Sarah Millet pour son aide plus que précieuse !

Dépôt légal : novembre 2009
ISBN : 978 2 215 05585 3
n° d'édition : M09181
1re édition

Photogravure : Turquoise
Achevé d'imprimer sur les presses de l'imprimerie Proost (Belgique)
Loi n° 49-956 du 16 juillet 1949 sur les publications destinées à la jeunesse.

Petit mode d'emploi...

Un **texte introductif** ouvre la double page sur le thème abordé.

Des **encadrés** proposent un éclairage particulier sur un thème précis.

Des **photos** et des **dessins** illustrent les différents thèmes autour de l'eau.

Des **légendes** permettent de replacer les documents dans leur contexte.

Une **frise**, déroulée sur l'ensemble du livre, apporte des informations supplémentaires sur le sujet traité dans la double page.

Les photos portant le logo DVD sont extraites du DVD *Merveilles de l'Amazone*.

L'astérisque (*) signale les mots expliqués dans le **lexique** à leur première apparition sur une double page.

Les **pictogrammes** de la frise chronologique aident à identifier la nature de l'information :

- *Hommes*
- *Chiffres et records*
- *Faune et Flore*
- *Paléontologie*
- *Planète en danger*
- *Phénomènes naturels*
- *Protection de la nature*
- *Sciences et techniques*

Sommaire

Qu'est-ce que l'eau ?

L'eau fait partie de notre quotidien. Nous l'utilisons chaque jour, de façon très naturelle. Sans elle, pas de vie possible, non seulement parce que les organismes ont besoin d'eau pour s'hydrater et se développer, mais aussi parce que les grandes masses d'eau du monde contribuent à maintenir un climat vivable sur la Terre. Mais qu'est-ce que réellement l'eau et quelles en sont les propriétés ?

Des débuts agités

S'il est difficile de connaître la provenance précise de l'eau terrestre, les chercheurs attachés aux sciences de la Terre (géologues, glaciologues, paléontologues...) ont clairement raconté l'histoire agitée de ses origines. Durant ses 300 premiers millions d'années d'existence, notre planète était beaucoup trop chaude pour que l'eau y soit à l'état liquide. Avec une température estimée aux environs de 250 °C, l'eau ne pouvait s'y trouver qu'à l'état de vapeur. Le refroidissement de la Terre a ensuite entraîné la condensation (*voir p. 08-09*) de cette vapeur à l'état liquide. Ce n'est qu'après 700 millions d'années d'existence, il y a environ 3,8 milliards d'années, que les premières formes de vies sont apparues : des algues bleues. Alors que l'atmosphère terrestre était composée de 98 % de dioxyde de carbone (CO_2), ces algues – en réalité des colonies de bactéries – ont peu à peu consommé ce gaz et produit de l'oxygène, créant notre atmosphère actuelle.

LES ORIGINES DE L'EAU

Remonter le temps jusqu'à 4,6 milliards d'années, lorsque notre système solaire s'est formé, n'est pas simple. Les chercheurs envisagent plusieurs théories quant à l'apparition de l'eau sur Terre, mais aucune n'a pu être prouvée. On sait désormais que la glace est présente en quantité gigantesque dans l'espace. L'eau aurait pu être apportée par un ou plusieurs astéroïdes entrés en collision avec notre planète. Une autre hypothèse est, qu'au moment de sa formation, la Terre contenait déjà de l'eau, emprisonnée dans son écorce. Aujourd'hui, les scientifiques pensent que plusieurs de ces possibilités sont bonnes : la masse totale d'eau présente sur Terre a pu être constituée en plusieurs fois.

Ce volcan à Hawaï permet d'imaginer les conditions de vie sur la Terre lorsque celle-ci avait 350 millions d'années. Autour de la lave en fusion, l'eau de l'Océan est à 80 °C ! En entrant en contact, la lave – dont la température varie entre 700 et 1 200 °C – entraîne la vaporisation immédiate de l'eau.

L'eau contenue dans l'atmosphère contribue, par la chaleur qu'elle transporte, à entretenir un effet de serre, indispensable pour limiter les écarts de température entre le jour et la nuit. Sur la Lune, sans eau, cet écart est de près de 250 °C !*

Lorsque la Terre s'est refroidie, elle a donné naissance au "premier orage". L'eau, à l'état de vapeur, a commencé à se condenser pour remplir l'atmosphère de nuages, qui se sont transformés en précipitations de plusieurs centaines, voire milliers, de mètres d'eau, formant ainsi les premiers océans.

La coloration rouge de la Laguna Colorada dans l'Altiplano (Cordillère des Andes) est due aux pigments de certaines algues qui vivent dans ses eaux.

Un peu de chimie...

L'eau est un composé chimique très simple, puisque sa molécule est formée de 2 atomes d'hydrogène pour 1 atome d'oxygène, ce qui lui donne sa célèbre formule : H_2O. Il s'agit ici de la formule de l'eau pure. On ne la trouve pas dans cet état naturellement sur la Terre, mais plutôt sous la forme d'une solution* d'eau, de sels minéraux* et parfois d'autres composés chimiques, introduits naturellement ou artificiellement. Une autre particularité chimique de l'eau vient de l'attraction électrique entre les atomes d'hydrogène et d'oxygène, qui lie entre elles les molécules* et nous montre l'eau telle que nous la voyons le plus couramment : liquide (*voir p. 08-09*).

Une histoire de propriétés

L'eau possède des caractéristiques remarquables : elle est tout d'abord un solvant puissant. En effet, de nombreuses matières sont dissoutes à son contact et mélangées sans pour autant que leur nature soit modifiée. Un excellent exemple est l'eau des océans : elle contient, entre autres, du sel totalement dissous. Il suffit de la faire chauffer pour que l'eau s'évapore et que l'on retrouve notre sel. Ce rôle de solvant, ajouté au mouvement de l'eau qui entraîne l'érosion, est à l'origine d'une partie des reliefs de la planète.

Un climatiseur pour la planète

Autre particularité : l'eau capte la chaleur, la retient longtemps et la restitue lentement. Cette propriété est essentielle pour le climat. L'Océan mondial, qui couvre 70 % de la surface de la Terre et représente près de 97 % de sa masse d'eau, emmagasine la chaleur transmise par l'énergie solaire, la conserve et la restitue peu à peu. Il stabilise ainsi la température à la surface de la planète et contribue à sa "douceur" globale. Cette propriété est bien sûr soumise à de fortes variations locales : l'échange thermique au niveau de l'équateur, c'est-à-dire dans les régions qui sont les plus proches du Soleil, n'est pas le même qu'au niveau des pôles.

Les geysers du lac de Bogoria (Kenya) crachent de l'eau bouillante !

Les cyanobactéries, premières vies apparues sur la Terre il y a 3,8 milliards d'années, sont aussi appelées "algues bleues" en raison de leur couleur dominante, qui va du vert au bleu. Cette couleur vient du fait qu'elles réalisent la photosynthèse et produisent ainsi de l'oxygène en consommant le dioxyde de carbone.*

L'eau pure est neutre en acidité. Mais, comme elle est un puissant solvant, elle dissout également certains gaz dont le CO_2, ce qui la rend encore plus acide. Le calcaire de certaines roches se dissout au contact de cette eau acidifiée. C'est ainsi que se sont créées certaines grottes et cavités souterraines dites "karstiques".

L'eau dans tous ses états

L'eau est un composé chimique qui se transforme en fonction des conditions du milieu dans lequel on la trouve. On peut la rencontrer sous trois formes différentes, chacune appelée état : l'état liquide, l'état solide et l'état gazeux. Petit tour d'horizon...

Trois façons de voir...

L'état liquide représente l'eau dans sa forme la plus courante, celle qui coule, qui mouille et que l'on boit lorsqu'elle est potable. Elle s'observe au robinet, dans une rivière, dans la mer ou dans les gouttes de pluie. À l'état solide, l'eau apparaît sous forme de glace. C'est ainsi qu'on la trouve, compacte et dure, dans les icebergs, les glaçons pour les boissons, la neige, les flaques d'eau gelées et parfois la grêle. Quand elle est sous sa troisième forme, l'état gazeux, l'eau n'est plus visible à l'œil nu, elle s'est transformée en vapeur. On peut néanmoins en avoir un aperçu, par exemple, au-dessus d'une casserole d'eau en train de chauffer : on observe alors comme une légère “fumée”. En réalité, ce n'est pas de la fumée mais de la vapeur d'eau qui forme un brouillard, composé d'infimes particules d'eau présentes dans l'air. Cet état de brouillard est une étape de transition puisque, sous forme gazeuse, l'eau est totalement invisible.

Réunion des trois états de l'eau ! Les nuages au loin sont le résultat de la condensation de vapeur. Au premier plan, on devine que la glace du lac de la Muande (Massif des Écrins) a commencé à fondre et se couvre d'une couche d'eau.

La température la plus basse jamais enregistrée sur Terre est de - 89,2 °C ; elle a été relevée en Antarctique. En France, c'est en 1985 dans le département du Doubs qu'a été enregistrée la température la plus froide : - 41 °C !

Anders Celsius (1701-1744) est un savant suédois, à qui l'on doit notre échelle de mesure actuelle des températures. En 1742, il crée l'échelle centigrade, qui fait correspondre son 0 avec la température de fonte de la glace.

Une affaire de température...

L'eau réagit et passe d'un état à un autre en fonction de la température extérieure, que celle-ci soit naturelle (liée au climat) ou provoquée (congélateur, plaques de cuisson...). Deux mesures importantes sont à noter. La première est zéro degré Celsius (0 °C), où l'eau se transforme en glace. Pour geler à cette température, il faut que l'eau soit pure (pas de sels minéraux* ni d'autres produits mélangés), sinon elle se solidifie à une température légèrement différente. Ainsi, en hiver, lorsque le thermomètre descend à 0 °C – voire en dessous, on parle alors de températures négatives –, de la glace se forme sur les flaques, les lacs et même les rivières. Plus la température descend et reste basse longtemps, plus l'épaisseur de cette glace augmente. L'autre température remarquable est celle de l'ébullition. Lorsqu'elle est atteinte, l'eau se transforme en vapeur. Le terme d'ébullition vient du fait que des bulles apparaissent, formées de poches de gaz qui remontent vers la surface. Elle est de 99,975 °C mais, dans le langage courant, on arrondit à 100 °C pour indiquer la température d'ébullition ou de vaporisation.

Les changements d'état de l'eau

Changement d'état	Nom	Températures (prises au niveau de la mer : 0 m)
Liquide vers solide	Solidification	à partir de 0 °C (température descendante), transformation en glace.
Liquide vers gazeux	Évaporation	à toute température. L'évaporation est une vaporisation lente. 100 °C est la température de vaporisation ultime.
Solide vers liquide	Fusion	à partir de 0 °C (température montante).
Solide vers gazeux	Sublimation	Assez rare. Il faut des conditions de température et de pression particulières pour ce passage direct de la glace en vapeur, sans avoir une étape liquide (glaciers de haute montagne sous un rayonnement solaire intense, par exemple).
Gazeux vers liquide	Condensation	Pour les nuages, la buée ou la rosée, la condensation ne s'effectue pas à une température précise, mais à la baisse de la température de la vapeur d'eau liée aux conditions environnantes : température de l'air, vent, nuit...
Gazeux vers solide	Sublimation inverse	Comme pour la sublimation, ce changement d'état ne peut s'effectuer que dans des conditions atmosphériques particulières (froid violent en haute montagne ou aux pôles, par exemple).

Un lac vu d'avion ? Non, une simple flaque ! Lorsque la glace se forme dans une eau peu profonde, elle dessine des formes en fonction du vent et des reliefs.

... et de pression

Les températures données ici pour les changements d'état de l'eau se vérifient à une altitude zéro, c'est-à-dire au niveau de la mer, où la pression atmosphérique (qui correspond à la pression de l'air sur une surface donnée) est de 1 bar ou 1 atmosphère, soit 1 kg par cm². Lorsqu'on prend de l'altitude, la pression atmosphérique diminue, entraînant une modification des températures de changement d'état de l'eau. Ainsi, au sommet du mont Blanc (4 807 m), la pression n'est plus que de 0,54 bar et la température d'ébullition de l'eau passe à 85 °C. Plus haut, au sommet de l'Everest (8 844 m) où la pression n'est plus que de 0,32 bar, l'ébullition se fera à 72 °C. La limite ultime pour le corps humain est de 20 000 m : à cette altitude où la pression n'est plus que de 0,063 bar, l'eau bout à 37 °C, c'est-à-dire que l'eau de notre corps se mettrait à bouillir avec notre température interne ! C'est pourquoi il est nécessaire aux spationautes ou aux pilotes d'avoir une cabine ou une combinaison pressurisée qui recrée la pression atmosphérique sur Terre.

La rosée matinale est le résultat de la condensation de la vapeur d'eau (gaz) en gouttelettes (liquide), lors du refroidissement de la température durant la nuit.

L'échelle des températures Fahrenheit (°F) a été inventée par le physicien allemand Daniel Gabriel Fahrenheit (1686-1736). Longtemps utilisée en Europe, elle a été remplacée par l'échelle Celsius, mais reste d'usage aux États-Unis et dans d'autres pays anglophones. 0 °C correspond à 32 °F.

Depuis que l'on a commencé à prendre des mesures de température, la plus haute relevée sur Terre est de 58,20 °C à El Aziza en Libye, le 19 septembre 1922 !

Lois fondamentales sur l'eau

En plus d'être un solvant et un capteur de chaleur, l'eau possède des propriétés physiques et chimiques qu'il est important de comprendre pour appréhender ses comportements, que ce soit à l'échelle de notre maison ou à celle de la planète.

La plupart des bois ont une densité inférieure à celle de l'eau et flottent. Ils peuvent donc être ainsi transportés jusqu'à la mer où ils seront chargés sur des bateaux.

Densité*

La densité est liée à la masse volumique, c'est-à-dire à la masse d'un corps pour un volume donné. À la pression atmosphérique de 1 bar et à une température de 4 °C, 1 litre d'eau pèse 1 kg et tient dans un cube de 10 cm de côté. L'eau sert de référence pour le calcul de la densité de tous les corps liquides et solides sur Terre ;

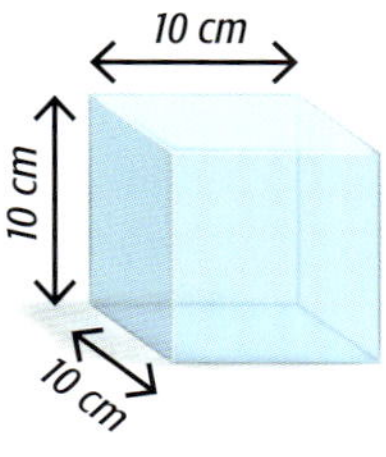

on lui a donné une densité de 1. Cela détermine la flottabilité d'un corps : lorsqu'un objet flotte, sa densité est inférieure à 1. C'est le cas de nombreux bois, comme le liège ; les plus légers ont une densité de 0,35. À l'inverse, un objet en plomb – métal qui a une densité de 11,35 – coulera comme cette boule de pétanque.

Lorsqu'ils ont une densité supérieure à celle de l'eau, certains bois coulent. De même, certaines pierres peuvent flotter, pour la raison inverse, comme la pierre ponce, issue de la lave qui a refroidi rapidement et emprisonné des bulles de gaz !

Trois types de flottabilité existent : positive, négative et nulle. Si un corps a une flottabilité positive, alors il reste à la surface ; pour une flottabilité négative, il coule ; alors que pour une flottabilité nulle, il ne bouge pas et reste, avec quelques variations, à la profondeur où on le place.

Densité des liquides

Ce principe de flottabilité liée à la densité d'un corps par rapport à un autre s'applique dans le cas des liquides. À densités égales, deux liquides se mélangent. Dans le cas contraire, celui qui a la densité la plus faible reste en surface. Lors de marées noires, le pétrole, qui est un fluide comme l'eau mais d'une densité plus faible, ne coule donc pas. Si ces marées noires sont souvent catastrophiques pour l'environnement, cette faible densité du pétrole joue pourtant en notre faveur ! En effet, s'il avait une densité plus lourde, les nappes viendraient se poser au fond de la mer et détruiraient toute forme de vie, d'abord pendant leur descente puis en polluant le fond, et ce pour des décennies. Puisque le pétrole reste en surface, l'homme peut le nettoyer par différents procédés (pompage, ramassage...).

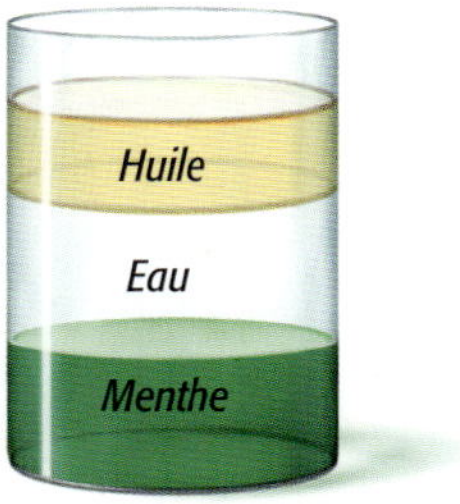

EURÊKA

La légende prétend que c'est en se baignant aux bains publics et en observant les objets qui y flottaient qu'Archimède a compris ce qui allait devenir une loi universelle. Le savant grec du IIIe siècle avant notre ère se serait alors levé en criant "Eurêka !" (J'ai trouvé, en grec).

La poussée d'Archimède

La notion de densité nous amène à parler d'une loi physique : le théorème d'Archimède. L'énoncé de cette loi universelle est le suivant : «Tout corps plongé dans un liquide reçoit de la part de ce liquide une poussée verticale de bas en haut, égale au poids du volume de liquide déplacé.» En voici une démonstration simple : dans une baignoire remplie partiellement d'eau, on enfonce totalement un ballon sous la surface, le niveau de l'eau va alors augmenter d'un niveau égal au volume du ballon. La force exercée par l'eau de bas en haut se ressent physiquement, car il est difficile d'enfoncer le ballon sous l'eau.

Objets flottants

Cette poussée d'Archimède est la loi qui permet de comprendre pourquoi des bateaux en acier de plusieurs dizaines de milliers de tonnes flottent sur l'eau. Parce qu'il est d'un grand volume (volume = hauteur x largeur x longueur), un bateau de 50 000 tonnes d'acier s'enfonce jusqu'à ce que la poussée de bas en haut s'équilibre avec celle, de haut en bas, du poids du bateau. Alors le bateau flotte. Si l'on prenait tout l'acier de ce bateau pour en faire une boule compacte, celle-ci coulerait directement au fond de la mer ! Tout est affaire de densité. L'air contenu dans le vide intérieur de la coque modifie la densité du bateau. Les calculs des ingénieurs en construction navale doivent donc déterminer le volume du bateau (le volume d'air nécessaire à sa flottabilité), et tenir compte du poids du chargement que ce bateau pourra transporter.

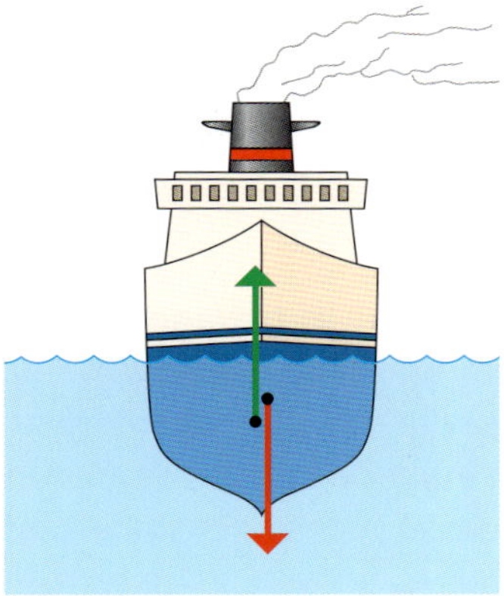

Ce super pétrolier en attente de chargement illustre bien la poussée d'Archimède : son grand volume lui permet de flotter ; lorsqu'on remplit ses cuves, il s'enfonce lentement dans l'océan. Le remplissage s'arrête au moment où la ligne de flottaison (le haut de la partie rouge) est atteinte.

Les sirops de fruits n'ont pas la même densité que l'eau. Ils se mélangent par le mouvement de l'eau que l'on verse. Si on laisse se reposer le breuvage suffisamment longtemps, on observe que le sirop se dépose au fond du verre. La densité du sirop est donc supérieure à celle de l'eau !

Un exemple simple permet de comprendre la poussée de l'eau appliquée au poids : dans un récipient rempli d'eau à ras bord, on plonge délicatement une bouteille d'un litre remplie elle aussi d'eau. L'eau du récipient va déborder, et le volume d'eau qui aura débordé sera égal au volume de la bouteille, soit 1 litre.

Pour aller plus loin

L'eau est décidément un univers que l'on n'a pas fini d'explorer.
Pour achever notre voyage au sein des plus importantes propriétés de cette matière tellement présente dans notre quotidien, voyons quelques autres de ses caractéristiques.

Des mélanges impossibles

La miscibilité est la capacité d'un fluide à se mélanger à l'eau. On dira donc d'un liquide qu'il est miscible s'il peut se mélanger à l'eau. Il est nécessaire de bien comprendre cette notion pour compléter notre chapitre sur la densité* des corps. Par exemple, si on verse de l'huile de cuisine dans un verre d'eau, l'huile reste audessus car sa densité est inférieure à celle de l'eau. Si on remue le contenu du verre avec une cuillère, on s'aperçoit que l'huile, par la force de notre mouvement, semble se mélanger à l'eau. Mais à y regarder de plus près, elle s'est simplement fractionnée en plusieurs bulles d'huile. Les deux matières ne peuvent pas se mélanger, car la composition de l'huile est ainsi faite qu'elle "repousse" l'eau. Lorsqu'on arrête d'agiter, notre loi sur la densité reprend le dessus : l'huile remonte à la surface, sans jamais s'être mélangée à l'eau. Aucune huile, qu'elle soit végétale, animale, minérale (hydrocarbures) ou synthétique (créée par l'homme), ne se mélange à l'eau.

Huile et eau ne se mélangent jamais. Malgré le mouvement provoqué par l'eau, l'huile reste toujours "regroupée". De par sa composition, l'huile "repousse" l'eau.

Une fois que l'eau a arrêté de couler dans le verre, l'huile, qui a une densité inférieure à celle de l'eau, flotte en surface.

Lorsqu'elle gèle, l'eau occupe plus de place qu'à l'état liquide. Contrairement aux idées reçues, ce n'est pas à cause de l'air emprisonné, mais du fait du changement de la structure moléculaire de l'eau.

Les racines permettent aux arbres d'être stables, de transporter la sève et de stocker les matières nutritives. Leur étalement permet aussi de maintenir les sols en les bloquant. Elles s'enfoncent peu dans le sol, car les éléments nutritifs sont relativement proches de la surface.

Une illustration de la capillarité facilement vérifiable : le doigt touche l'eau. En élevant légèrement le doigt, l'eau tend à remonter.

La tension de surface

Les molécules* d'eau ont tendance à s'attirer entre elles, contribuant ainsi à donner à cette matière son aspect liquide (*voir p. 06-07*). Mais à la surface, l'eau est en contact avec l'air, qui est un gaz. Or, les molécules d'un gaz et celles de l'eau tendent à se repousser mutuellement. Ce phénomène s'appelle la tension de surface, ou tension superficielle. La surface de l'eau se présente comme une membrane tendue. C'est ce phénomène de tension qui permet aux animaux légers, comme certains insectes, de rester en surface et de donner l'impression de marcher sur l'eau.

CE QU'ILS EN ONT DIT...

Outre les principales propriétés évoquées, l'eau nous entraîne parfois à la contemplation ou à la rêverie, au point que de nombreux artistes, écrivains ou scientifiques ont vu en elle autre chose qu'un simple composé chimique.

"Il y a davantage de perfection dans une simple goutte d'eau que dans toutes les machines inventées par les hommes."
Albert Einstein (1879-1955), physicien

"Rien ici bas n'est plus souple, moins résistant que l'eau, pourtant il n'est rien qui vienne mieux à bout du dur et du fort."
Lao Tseu (vers le ve siècle avant notre ère), philosophe chinois

"À l'échelle cosmique, l'eau est plus rare que l'or."
Hubert Reeves (né en 1932), astrophysicien québécois

Quand l'eau remonte !

Lorsque l'on regarde la surface de l'eau dans un récipient transparent, on remarque que les bords de cette surface sont plus hauts, donnant l'impression que l'eau cherche à monter. L'eau adhère à la paroi et ses molécules tendent à "grimper" sur la partie juste au-dessus. Plus le récipient est large et moins ce phénomène est visible car la tension de surface tire notre eau vers le bas. À l'inverse, plus le récipient est étroit et plus le phénomène est marqué, au point que l'eau continue de monter. Cela peut s'observer à l'aide d'un tube plongé dans un récipient d'eau (*voir illustration*) : le niveau de l'eau dans le tube est plus élevé que le niveau de la surface de l'eau du récipient. Une éponge est remplie de petites cavités qui illustrent parfaitement ce principe. Il suffit de poser une éponge sèche sur de l'eau renversée pour s'apercevoir qu'elle la "boit" : l'eau remonte dans chaque cavité de l'éponge, comme dans le tube. C'est ce que l'on appelle la capillarité.

La capillarité joue un rôle majeur dans la captation de l'eau par les racines des végétaux. L'eau remonte ainsi des racines aux tiges et aux feuilles.

La sève des arbres est une solution d'eau et de sels minéraux captée par les racines. Ces sels vont nourrir l'arbre et permettre sa croissance en remontant du sol jusqu'aux feuilles.

Si les marées noires peuvent être nettoyées avec un coût écologique énorme, les catastrophes chimiques, comme celle du Ievoli Sun en octobre 2000 au large des côtes bretonnes, peuvent s'avérer dramatiques : les produits chimiques se mélangent à l'eau et demeurent invisibles.

De l'eau, de la lumière et des couleurs

On perçoit l'eau transparente et sans couleur, certaines rivières nous semblent vertes, la mer apparaît bleue, tandis que la neige et la glace sont presque blanches. Comme pour tout corps visible, la lumière joue un rôle primordial dans notre perception de l'eau, mais pas seulement...

D'abord, de la lumière

La lumière du Soleil nous apparaît blanche. En réalité, elle est composée de toutes les couleurs ; cet ensemble constitue le spectre lumineux. Il est possible de le distinguer lorsqu'il pleut. En effet, quand les rayons solaires viennent frapper les gouttes d'eau, chacune d'entre elles disperse la lumière dans l'air et la décompose en couleurs (*voir schéma*). Selon l'endroit où l'on se trouve, on voit alors un arc-en-ciel, comme ici sur la savane kenyane. Celui-ci contient une infinité de couleurs ; néanmoins, on a choisi de le décrire avec sept couleurs dominantes : rouge, orange, jaune, vert, bleu, indigo et violet.

La dispersion de la lumière et sa décomposition en couleurs sont dues à deux propriétés optiques : la réfraction et la réflexion. En pénétrant dans la goutte d'eau, le rayon lumineux est dévié (la réfraction), puis partiellement réfléchi (la réflexion) sur la paroi opposée de la goutte.

Les végétaux absorbent le dioxyde de carbone présent dans l'atmosphère et rejettent de l'oxygène. Des plantes ont même une particularité supplémentaire : elles nettoient les pollutions de l'air par certains produits chimiques. C'est le cas du ficus, qui décompose l'ammoniac ou le xylène (dérivé du pétrole) présents dans l'air.

L'Océan absorbe de moins en moins de dioxyde de carbone ! Ce fait expérimenté en laboratoire démontre que, l'eau devenant plus chaude et le dioxyde à absorber étant de plus en plus important, le phytoplancton se développe plus difficilement et en moins grande quantité.

La neige nous apparaît blanche car elle est composée de gouttes d'eau cristallisées. Une partie de la lumière est réfléchie par le cristal ; une autre y pénètre. À la différence de l'eau liquide, la quasi-totalité des couleurs du spectre lumineux est absorbée par les cristaux.

L'eau est-elle vraiment transparente ?

Dans un verre, l'eau nous paraît transparente. Cette impression vient du fait que les molécules* d'eau renvoient très peu de lumière et laissent passer les rayons lumineux. En réalité, l'eau n'est pas vraiment transparente. On dit qu'elle est translucide : chaque molécule d'eau arrête une partie du spectre lumineux. Dans le verre, la profondeur d'eau est trop faible pour que nous percevions nettement ce phénomène.

La composition de l'eau peut modifier sa couleur. Ici, sur une saline de l'isthme des Médanos (Venezuela), la concentration de sel dans l'eau est si importante que l'eau paraît rose.

Bleue... et noire !

Dans un environnement plus profond, comme l'Océan, la lumière perce la surface puis s'atténue au fur et à mesure que l'on s'enfonce, et les couleurs disparaissent peu à peu : d'abord le rouge, puis l'orange, etc. Lorsque l'on regarde la mer, on la voit bleue parce que toutes les couleurs disparaissent rapidement, sauf le bleu qui est réfléchi. Sous l'eau, le phénomène est le même : lorsqu'on descend, tout devient peu à peu bleu. La lumière reste visible à l'œil nu jusqu'à 100 m de profondeur environ. À 1 000 m, c'est la nuit noire absolue. À ces propriétés s'ajoute le fait que l'eau contient de nombreux éléments en suspension qui, à leur tour, réfléchissent la lumière et qui peuvent ainsi nous faire percevoir des variations de couleurs.

La photosynthèse

Les végétaux ont cette particularité d'avoir besoin de la lumière pour se nourrir. En suivant un mécanisme très complexe, les feuilles utilisent la lumière pour absorber le dioxyde de carbone (CO_2) présent dans l'air et rejettent ensuite du dioxygène. C'est en partie grâce aux plantes et aux arbres que notre atmosphère est sans cesse renouvelée. On a longtemps cru que les forêts étaient les "poumons de la Terre" alors qu'en réalité, ce sont les océans. Les masses colossales de phytoplancton et d'algues opèrent la photosynthèse*, permettant à la fois l'oxygénation de l'eau et celle de l'air, ainsi que la capture de quantités gigantesques de CO_2.

La lumière qui traverse la surface de l'eau permet à la photosynthèse de s'effectuer. Ainsi les plantes grandissent et des animaux, comme ce jeune triton, peuvent se développer en utilisant le dioxygène relâché par la plante.

Le spectre lumineux émis par le Soleil a, à ses extrémités, le rouge et le violet. Mais, au-delà de ces couleurs visibles se trouvent des couleurs que l'œil ne peut percevoir : les infrarouges et les ultraviolets. Ces derniers sont des rayonnements nocifs pour la santé. Ce sont eux qui provoquent les "coups de soleil".

En plus des diverses pollutions qu'elles apportent – essentiellement chimique et visuelle –, les marées noires empêchent les rayons lumineux de traverser l'eau et limitent ainsi la photosynthèse.

Indispensable à la vie

Depuis le développement des premières bactéries sur Terre il y a 3,8 milliards d'années, les êtres vivants ont évolué et se sont diversifiés. Mais, qu'il s'agisse d'un animal ou d'un végétal, l'eau est restée la seule matière indispensable à leur naissance... et à leur vie.

2/3 du corps humain !

La vie d'un être humain commence dans le milieu aquatique. Pendant les neuf mois de grossesse de la mère, le fœtus baigne dans le liquide amniotique, composé essentiellement d'eau. À sa naissance, un nourrisson est constitué de 75 % d'eau, un enfant de 5 ans en contient 70 %, un adulte 65 % et une personne âgée environ 60 %. Présente dans chacune de nos cellules, l'eau fait donc partie intégrante de notre organisme tout au long de notre vie, mais elle n'est jamais stagnante et subit un cycle permanent : elle circule dans nos tissus, notre sang et tous nos organes. Mélangée aux sucs de notre estomac, elle permet la digestion de nos aliments. Une petite partie est ensuite éliminée dans nos excréments et la plus grande traverse les parois de l'intestin grêle et du côlon pour rejoindre notre sang, qui est ainsi renouvelé. L'eau régule également notre température et permet l'élimination de nombreux déchets, qu'elle dissout et transporte dans notre organisme, notamment vers les filtres que sont le foie et les reins.

UNE ALIMENTATION PLEINE D'EAU !

Voici, en pourcentage, la quantité d'eau contenue dans certains aliments courants.

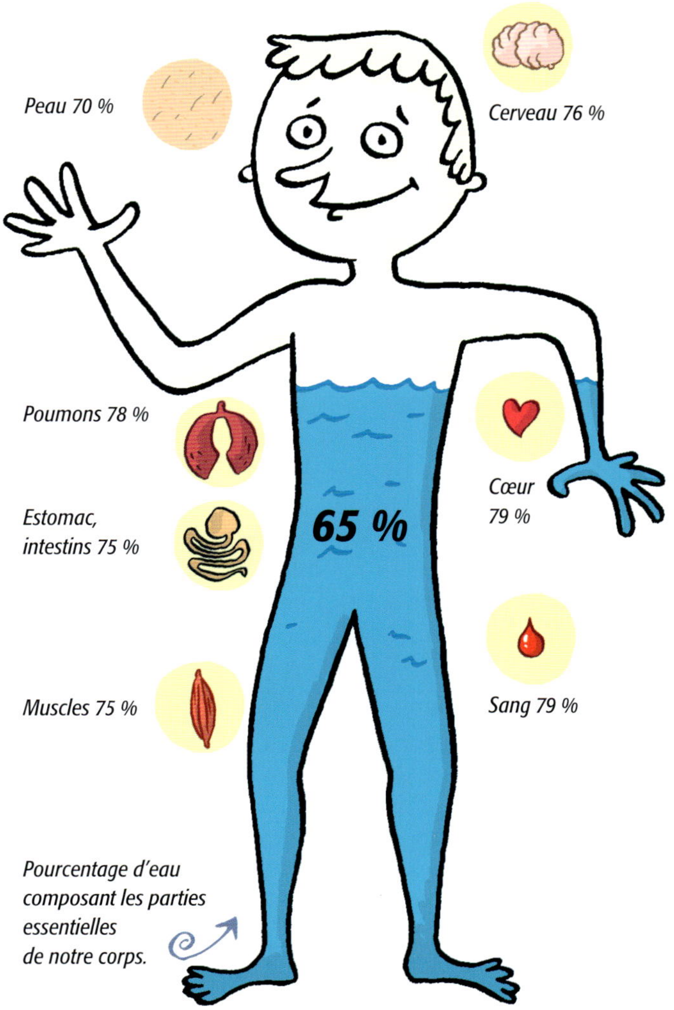

Pourcentage d'eau composant les parties essentielles de notre corps.

Recharger nos réserves

Il faut quotidiennement recharger notre organisme en eau car nous la perdons par les urines, les selles, la respiration et la transpiration. Cette évacuation est nécessaire au bon fonctionnement de notre corps mais, sans renouvellement d'eau, elle entraîne la mort par déshydratation. Un être humain ne peut rester plus de trois jours sans s'hydrater. Notre apport quotidien en eau se fait par l'absorption des aliments, qui en contiennent tous à des taux variables (*voir encadré*), et bien sûr par l'action de boire. Sous un climat tempéré et sans effort particulier, la perte en eau d'un adulte est d'environ 2,5 litres par jour. Pour la compenser, l'apport se fait en moyenne par 1 litre venant des aliments et 1,5 litre par les boissons. Attention, sodas et sirops renferment beaucoup de sucre et favorisent l'obésité. Mieux vaut consommer des jus de fruits frais, riches en vitamines, et de l'eau, car elle ne contient aucune calorie.

Lorsqu'il fait chaud, certaines glandes de la peau captent l'eau de nos vaisseaux sanguins et la rejettent vers l'extérieur. Au contact de l'air, cette transpiration – qui n'est autre qu'une forme d'urine diluée – se refroidit et permet de combattre la chaleur extérieure.

Est-ce que les poissons boivent ? Oui, mais en quantité différente selon leur habitat. Les poissons de mer ont besoin de boire beaucoup car l'eau salée les déshydrate, alors que les poissons d'eau douce ne boivent quasiment pas.

Pendant la saison sèche, quand le niveau de l'eau est presque nul dans les lacs et cours d'eau, certains animaux s'enfouissent dans la boue pour éviter la déshydratation, comme ce caïman à lunettes d'Amérique du Sud.

Et les animaux ?

Comme l'homme, les animaux doivent boire régulièrement pour récupérer l'eau que leur transpiration et leur urine leur font perdre. Lorsqu'un animal perd 2 % de son eau, il a soif. Au-delà de 10 %, il présente des troubles de la santé. À 22 % de perte d'eau, il meurt. Cependant, les besoins des animaux ne sont pas tous identiques et varient en fonction de leur taille, leur espèce et leur géographie. Un mammifère des régions tempérées aura le même comportement que l'homme pour son hydratation, alors que certains reptiles des régions désertiques peuvent rester longtemps sans boire (*voir p.* 70-71).

Penser à arroser les plantes

Comme les hommes et les animaux, les plantes ont besoin d'eau pour vivre. Elles puisent l'eau par leurs racines, celle-ci monte dans la tige ou le tronc par capillarité (*voir p.* 13) et finit par s'évaporer par les feuilles, au travers de pores microscopiques. Lors d'une sécheresse, la plante parvient à survivre en resserrant ses pores, ce qui réduit l'évapotranspiration*. Si la situation se poursuit, la photosynthèse* ne s'exerce plus et la plante arrête sa croissance, qui pourra reprendre avec de nouvelles pluies ou arrosages. Sans apport d'eau, la plante mourra définitivement.

Dans les pays chauds où l'action du Soleil joue un rôle important dans la déshydratation, s'abreuver quotidiennement est une obligation, comme ces animaux autour d'un point d'eau dans le parc du Masaï Mara (Kenya).

Dans les régions très désertiques, certains amphibiens s'enfouissent sous la terre, enveloppés dans un mucus qu'ils produisent et qui les protège de la déshydratation. Ils peuvent rester ainsi pendant deux ans, et ressortent dès qu'une averse arrive.

Il n'est pas nécessaire de ne boire que de l'eau pure pour s'hydrater dans la journée. Les boissons à base d'eau, comme le café ou le thé, suffisent à compléter un apport hydrique modéré.

L'eau, sous l'action de la chaleur du Soleil, s'est transformée en gaz invisible et est montée dans l'atmosphère. Lorsque la température refroidit, elle passe d'un état dilué à un état condensé – c'est ce qu'on appelle la condensation – et se transforme alors en nuages. On observe aussi les phénomènes de condensation avec la buée qui se pose sur les vitres d'une maison, la rosée sur une fleur, ou une brume matinale.

Plus un arbre a de surface d'évaporation (taille et quantité des feuilles, diamètre du feuillage total), plus la perte en eau est grande. Ainsi, un arbre adulte dont le feuillage fait environ 12 m de diamètre est capable de "transpirer" 200 à 300 litres d'eau par jour, en pleine saison de végétation.

Le record de pluie tombée sur une région en une année est détenu par l'Inde (Station météo de Meghalaya), avec 11 874,5 mm (près de 12 m d'eau !). En comparaison, le désert de l'Atacama, au Chili, ne reçoit que 0,08 mm d'eau en moyenne par an.

Le cycle naturel de l'eau

Le cycle de l'eau s'articule autour des mécanismes majeurs que sont les précipitations, le ruissellement, l'infiltration, l'évapotranspiration*, l'évaporation et la condensation. Il en va ainsi sur toute la surface de la Terre avec des quantités plus ou moins importantes pour chacun de ces mécanismes en fonction des reliefs. Mais que l'on soit au Sahara, dans une zone de prairie en France, ou en pleine forêt tropicale, le cycle naturel de l'eau est toujours le même.

Le cycle naturel global de l'eau se divise bien souvent en microcycles, c'est-à-dire que l'on retrouve toutes les composantes principales du cycle naturel mais à l'échelle d'une région, d'une montagne ou d'une ville.

On calcule la pluviosité d'une région en mesurant à la fois la quantité des précipitations et le nombre de jours de pluie ou de neige. Ainsi, en 2000, Météo France a calculé que la région de Lille a reçu 866,6 mm d'eau répartis sur 156 jours, alors que Nice a reçu 1 212 mm d'eau sur 61 jours.

La planète bleue

C'est ainsi que les premiers astronautes ont baptisé la Terre lorsqu'ils l'ont vue depuis l'espace. Couverte aux trois quarts par les océans et avec des surfaces terrestres striées de fleuves et de rivières ou ponctuées de lacs et de mers intérieures, ils ont vu d'en haut ce que nous vivons en bas : l'eau est partout autour de nous !

Présente à l'état de vapeur comme l'humidité ou les nuages (ici à l'est de l'Afrique), l'eau atmosphérique parcourt en moyenne 1 000 km avant de retomber sous forme de précipitations : pluie, neige ou grêle. Cette estimation est une moyenne mondiale et les distances varient bien entendu d'une région à l'autre en fonction des diverses conditions climatiques.

Les glaces du monde sont la première zone de stockage d'eau douce, bien qu'elles ne constituent qu'environ 2 % des eaux de la planète. Ici, le glacier Pisco (Pérou) symbolise à une échelle miniature l'ensemble des glaces de la Terre. Avec le réchauffement climatique, les glaciers tendent à fondre, faisant ainsi disparaître une source importante d'approvisionnement en eau douce.

Les eaux souterraines, parfois visibles comme ici au fond du gouffre de Padirac, dans le département du Lot, sont parmi les plus pures au monde, puisqu'elles sont naturellement filtrées par les couches minérales de l'écorce terrestre. Elles se renouvellent par l'infiltration dans la terre des eaux de précipitations. Les prélèvements très importants de l'agriculture et l'apport de polluants chimiques depuis la surface ont mis en danger ces réserves.

Il ne faut pas confondre la spéléologie, activité qui consiste à explorer et cartographier les cavités souterraines, avec la biospéologie qui est l'étude des êtres vivant dans ces mêmes cavités souterraines.

L'Océan mondial possède une surface de 362 millions de km², soit plus de 70 % de la surface terrestre. Sa profondeur moyenne est de 4 000 m. Si on nivelait les terres émergées et immergées de façon homogène, la Terre serait une boule bleue avec un océan de 2 600 m de profondeur !

Les océans forment la plus grande quantité de l'eau présente sur la Terre. Si de nombreux êtres vivants s'y sont adaptés, comme ce rorqual commun dans l'océan Atlantique, cette eau, chargée de sel, est impropre à une consommation directe ou à l'agriculture.

Les lacs sont de grands réservoirs alimentés par des cours d'eau, des glaciers ou des résurgences* d'eau souterraine. Zones de repos, de décantation et de filtration, ils sont de profondeur variable. Ici une image extrêmement rare d'un dauphin de l'Amazone à l'état sauvage, prise dans le Rio Negro, un affluent de l'Amazone (*voir p. 30-31 et DVD, chap. 7*).

Les zones humides (marais, étangs, tourbières), comme ce marais de la réserve naturelle du platier d'Oye, dans le département du Nord gérée par "Eden 62", sont indispensables pour la filtration de l'eau, notamment par les végétaux, et le repos et la reproduction d'animaux comme les oiseaux migrateurs. Ci-dessous, une vache de la race Highland : cet animal robuste d'origine écossaise est utilisé pour entretenir naturellement toute l'année les marais et leurs abords.

Il a été démontré que la circulation d'eau dans les roches poreuses génère un faible champ électrique. Ce pourrait être une des explications du pouvoir des "sourciers", ces hommes qui, aujourd'hui encore et depuis le Moyen Âge, détectent les sources en se promenant avec une baguette de bois en forme de Y.

La Terre perd de l'eau ! La vapeur d'eau reste dans l'atmosphère grâce à la gravité terrestre, mais, à la frontière avec l'espace, les rayons ultraviolets séparent l'oxygène de l'hydrogène des molécules d'eau. L'hydrogène, très léger, tend à se dissiper dans le vide spatial. Heureusement, cette perte est extrêmement faible !*

L'eau, de la terre au ciel

RÉSERVOIRS	Océan mondial	*Glaces*	Eaux souterraines	Lacs d'eau douce
VOLUME EN KM^3	1 335 millions	Antarctique : 25 millions Groenland : 3 millions Glaciers : 80 000 à 200 000 Permafrost : 22 000	15 millions	176 000
% DU TOTAL	96,7 %	2,18 %	1,1 %	0,013 %
TEMPS DE RÉSIDENCE MOYEN*	3 000 ans	Antarctique :10 000 ans Groenland : 5 000 ans Glaciers : 100 à 300 ans	1 500 ans	30 ans

Estimations du volume d'eau sur Terre et du temps de résidence par grand réservoir.
(Source : *L'eau, un trésor en partage*, Ghislain de Marsily, DUNOD)

* Le temps de résidence moyen est la durée pendant laquelle l'eau reste, bloquée ou en circulation, dans son réservoir avant de repartir dans le cycle naturel. Ainsi, on considère, en moyenne, qu'une goutte d'eau qui tombe dans l'Océan y reste 3 000 ans avant de s'évaporer.

Les scientifiques ont largement démontré que l'eau est en très grande quantité sur Terre. Cependant, cette quantité n'est pas synonyme d'une eau disponible pour tous immédiatement, et l'on s'aperçoit que plus des deux tiers de l'eau douce, qui ne représente déjà que 3 % du volume total d'eau sur la planète, ne sont pas accessibles.

Le lac Chungara, dans les Andes boliviennes, est le lac le plus haut du monde, à 4 515 m d'altitude. Son record rivalise avec celui du lac Titicaca (Pérou) : situé à 3 800 m au-dessus du niveau de la mer, Titicaca est le lac navigable le plus haut du monde.

Il existe de nombreuses sources d'eau potable sous les océans. Le principe est le même que sur terre, l'eau "sort" sous pression de la nappe ou d'une rivière souterraine. Ces sources, parfois exploitées, n'ont pas un grand rendement, l'eau salée environnante tendant à se mélanger à l'eau douce.

Eau présente dans les sols	Mers intérieures	*Eau présente dans l'atmosphère*	*Eau présente dans les rivières*	Eau dans les cellules vivantes (animaux dont l'homme, végétaux, champignons)	Total (environ)
122 000	105 000	12 700	1 700	1 100	1 380 500 000
0,0088 %	0,0076 %	0,00092 %	0,00012 %	0,00008 %	100 %
1,8 an	inconnu	9,5 jours	17 jours	quelques heures	

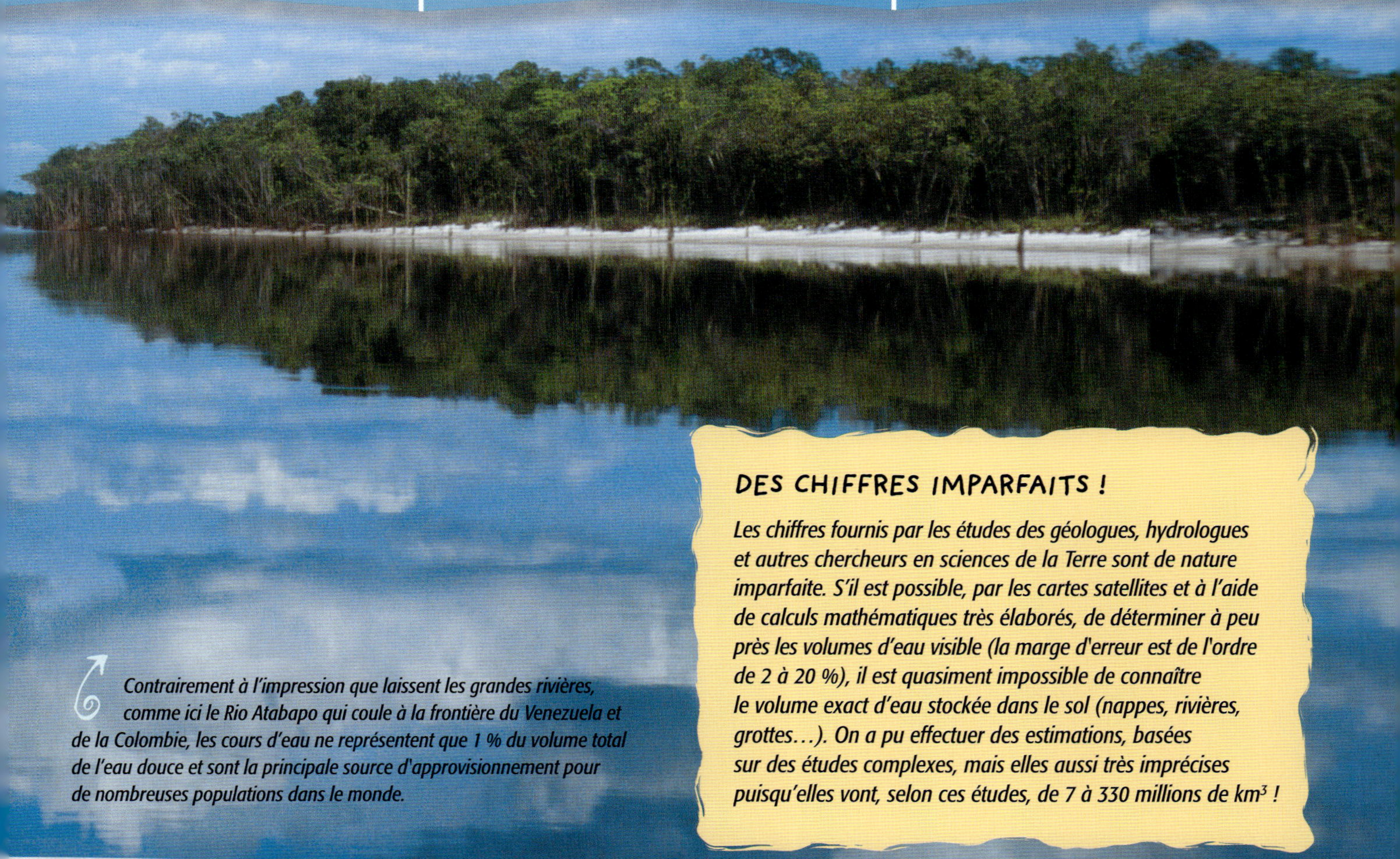

Contrairement à l'impression que laissent les grandes rivières, comme ici le Rio Atabapo qui coule à la frontière du Venezuela et de la Colombie, les cours d'eau ne représentent que 1 % du volume total de l'eau douce et sont la principale source d'approvisionnement pour de nombreuses populations dans le monde.

DES CHIFFRES IMPARFAITS !

Les chiffres fournis par les études des géologues, hydrologues et autres chercheurs en sciences de la Terre sont de nature imparfaite. S'il est possible, par les cartes satellites et à l'aide de calculs mathématiques très élaborés, de déterminer à peu près les volumes d'eau visible (la marge d'erreur est de l'ordre de 2 à 20 %), il est quasiment impossible de connaître le volume exact d'eau stockée dans le sol (nappes, rivières, grottes…). On a pu effectuer des estimations, basées sur des études complexes, mais elles aussi très imprécises puisqu'elles vont, selon ces études, de 7 à 330 millions de km³ !

La couche de glace la plus épaisse du monde se trouve en Antarctique. Si l'épaisseur moyenne de la calotte glaciaire dans cette région est de 1 300 m, elle approche les 5 000 m à son maximum ! À cet endroit, la base de la glace est à environ 2 500 m sous le niveau de la mer.

Le lac Baïkal, situé au Sud de la Sibérie orientale, est long de 636 km et large au maximum de 80 km. Huitième plus grand lac du monde, il est le plus profond, avec 1 630 m d'eau, et repose sur un lit de sédiments de 7 000 m. Il représente à lui seul 20 % de la quantité d'eau douce terrestre contenue dans les lacs et les rivières.*

De la goutte d'eau à l'Océan

Lorsqu'on observe une rivière ou un fleuve, on ne peut s'empêcher d'être étonné de voir une telle quantité d'eau et qui semble ne jamais vouloir s'arrêter. D'où vient cette eau et où va-t-elle ?

Une cascade d'eau issue de la fonte des neiges en altitude et des stalactites de glace qui fondent et alimentent les cours d'eau du Massif du Queyras.

Il faut bien commencer quelque part...

La circulation de l'eau sur Terre connaît un cycle qui se répète sans cesse et qui dépend de certains paramètres comme la température, le relief, l'ensoleillement et la saison (la position de notre planète par rapport au Soleil). Prenons comme point de départ les précipitations – pluie et neige – apportées par les nuages au sommet d'une montagne : elles viennent alimenter les glaciers et recouvrir les sommets de neige en hiver. À l'arrivée du printemps, les températures se radoucissent, glace et neige commencent à fondre. D'abord une goutte... puis, rapidement, des milliers d'autres se forment. L'eau, comme tout autre corps sur Terre, subit la loi de la gravité, c'est-à-dire que l'attraction terrestre l'oblige à aller vers le bas. Certaines de ces gouttes s'infiltrent dans le sol, s'écoulent lentement et forment ainsi le point de départ de la nappe phréatique (*voir p. 42-43*). D'autres glissent sur des rochers et finissent par atteindre une rigole qu'elles vont rapidement transformer en ruisseau.

Du ruisseau à la rivière...

Il est important de comprendre que la petite histoire racontée ci-dessus n'est pas unique, et même sur une seule montagne. Ces gouttes constituent plusieurs ruisseaux, qui, par centaines, suivent les pentes des reliefs et se rejoignent plus bas, donnant ainsi naissance à une petite rivière ou à un torrent. Et comme ces torrents se forment également en grand nombre, ils finissent à leur tour par se rejoindre et créent alors une rivière, beaucoup plus large et importante que les cours d'eau précédents. Là encore, cette rivière n'est pas toute seule et elle finira, avec d'autres, par former un fleuve (*voir DVD, chap. 1*).

Ce torrent au Venezuela est alimenté par l'eau qui tombe sur les tepuys, ces plateaux rocheux (au fond), dont le plus haut culmine à 2 800 m.

Depuis la construction du barrage El Mansour Eddahbi près de Ouarzazate au Maroc, le fleuve Drâa a parfois du mal à rejoindre l'Océan. Les retenues d'eau du barrage, ajoutées à la sécheresse de l'été, le privent de son cours ainsi que des limons qui enrichissent la terre des régions agricoles.

Le Sahara, qui traverse onze pays du nord de l'Afrique, connaît des précipitations faibles mais très variables, allant de 1 à 100 mm par an. Il suffit d'une bonne averse pour que le sable et les pierres verdissent de plantes, qui disparaîtront au bout de quelques jours... jusqu'à la prochaine pluie !

Le Drâa (Maroc) prend sa source dans le Haut-Atlas entre 3 000 et 4 000 m d'altitude, parcourt 1 100 km et rejoint l'Atlantique. Ici, c'est la fin du printemps le Bas Drâa. En été, quand la température atteint 44 °C, le niveau du fleuve est si bas que la verdure des berges laisse place à un paysage désertique.

... du fleuve à l'océan

Un fleuve est un cours d'eau qui ne rejoint pas un autre cours d'eau, mais qui se jette dans l'océan – ou exceptionnellement s'éteint dans le désert, comme l'Okavango. Les fleuves s'écoulent lentement sur un relief plus plat, traversent des vallées, des prairies, des forêts, puis des villages et des villes, pour terminer leur course dans l'Océan. Ils n'y arrivent cependant pas tous par une embouchure unique et nombreux sont ceux qui se séparent en plusieurs rivières avant la fin de leur voyage (*voir p. 28-29*).

Oui mais... pas que !

Tout au long de son parcours depuis le sommet de la montagne, l'eau se charge de très nombreuses particules minérales (cristaux, sables) et matières organiques (déchets végétaux et animaux). Une petite partie de ces matières se déposent dans le lit du fleuve, la plus grande finissant dans l'Océan. En traversant les zones urbaines, elle se charge également des déchets des hommes, comme les eaux usées qui partent par les égouts ou les eaux de ruissellement des pluies sur les villes, les matières chimiques rejetées par les industries et les résidus de pesticides et d'engrais utilisés dans l'agriculture.

VARIANTES

La fonte des glaciers et des neiges de montagne n'est pas l'unique point de départ de la création d'un cours d'eau. Les sources d'eau douce, qui sont des résurgences aériennes d'eau souterraine, donnent naissance à de nombreux ruisseaux. De même, les précipitations entraînent la création ou l'approvisionnement des cours d'eau du début de leur parcours jusqu'à l'embouchure des fleuves. Certains cours d'eau disparaissent sous terre pour réapparaître plus loin. Ce phénomène peut être dû à des accidents de reliefs, ou à l'érosion, ou encore à la dissolution des roches par l'eau, notamment lorsque celle-ci est chargée d'acidité : elle dissout alors les roches calcaires sur lesquelles elle circule. Souvent, en montagne, l'eau issue de la fonte des neiges et des glaciers se déverse dans un lac, qui déverse à son tour son contenu dans un ou plusieurs cours d'eau.*

Rien n'arrête un cours d'eau ! Quand il rencontre un obstacle, comme des roches solides, il le contourne, comme le fait ici la rivière Mara (Kenya).

Il arrive parfois que des accidents de terrain ne permettent pas à un cours d'eau de s'écouler calmement. On peut alors observer des cascades ou chutes d'eau. La plus haute du monde est située au Venezuela et s'appelle Salto del Angel (le saut de l'ange). Sa hauteur est de 979 m.

Les glaciers d'altitude ont pour fonction de "distribuer" de l'eau toute l'année. Celle-ci provient de la fonte de la glace en été, et se reconstitue en hiver avec les précipitations. La diminution des glaciers due au réchauffement climatique laisse craindre une baisse catastrophique des réserves d'eau (voir p. 44-45).

L'Océan mondial et les courants

Nous avons l'habitude de nommer les océans et les mers du monde par leur appellation géographique, comme l'océan Atlantique ou la mer Méditerranée. Pourtant, il s'agit d'une étendue d'eau salée ininterrompue autour du monde : elle constitue l'Océan mondial, ou l'Océan planétaire. Cette masse d'eau joue un rôle primordial dans le climat de la planète.

Courants de surface

Dans l'Océan, les courants de surface, dont l'épaisseur est généralement de 300 m, sont principalement engendrés par les vents. Ils ont une influence considérable sur le climat mondial. Lorsqu'ils viennent des zones intertropicale et équatoriale, où l'ensoleillement et la température des vents sont élevés, ils emmagasinent la chaleur, la conservent et la dispensent dans l'atmosphère tout au long de leur voyage vers le nord. Lorsque les courants reprennent leur chemin à partir des zones polaires en direction du sud, ils ont perdu leur chaleur et refroidissent alors l'air des régions qu'ils traversent. C'est le cas, par exemple, du courant du Labrador, un courant océanique froid du nord de l'Atlantique. Il provient de l'océan Arctique et se déroule le long du Canada et du Québec. Une partie du courant du Labrador pénètre dans le golfe du Saint-Laurent, alors que l'autre poursuit sa route jusqu'à croiser, au large de Terre-Neuve, le Gulf Stream qui, lui, remonte vers le nord.

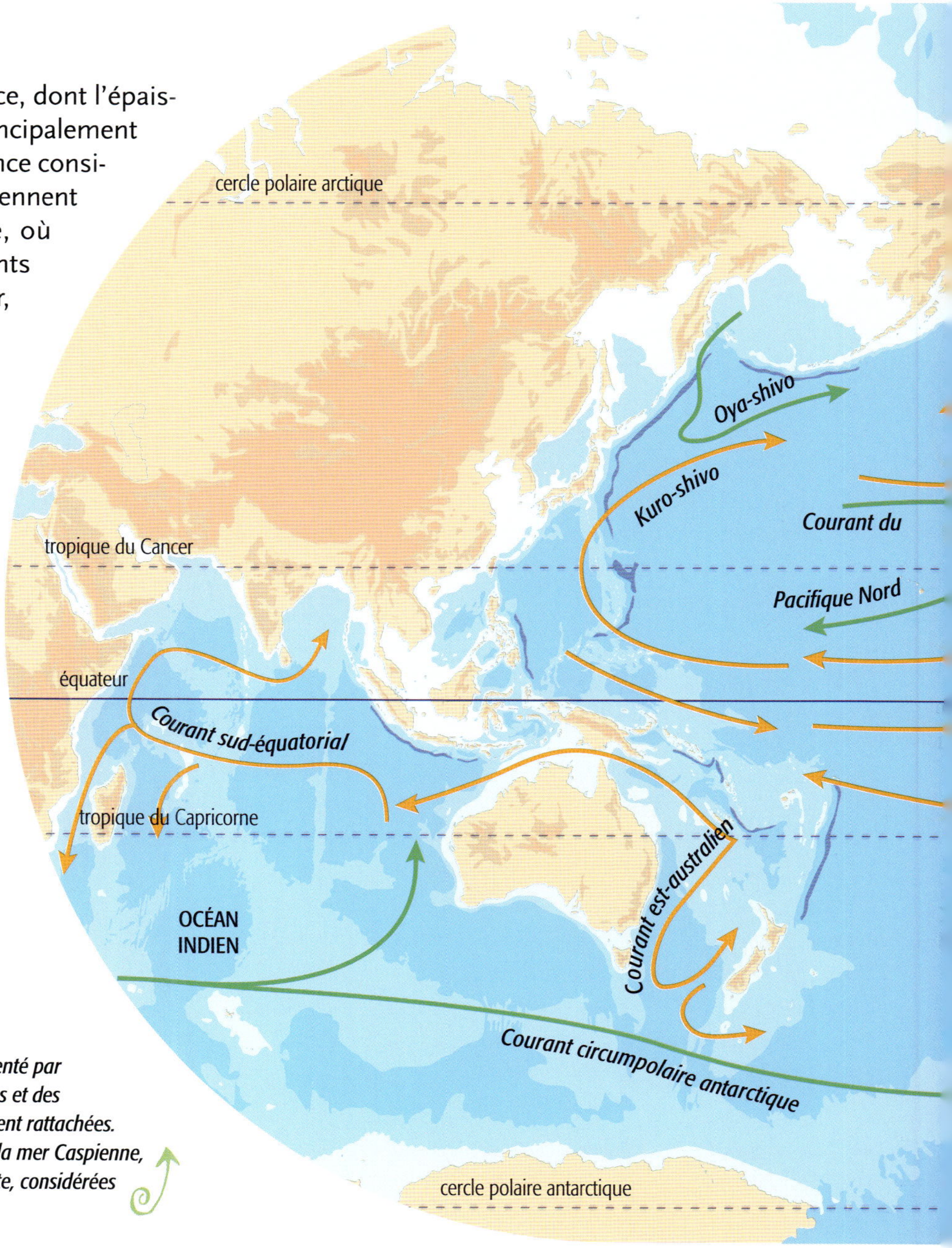

L'Océan mondial est représenté par la somme de tous les océans et des mers qui leur sont directement rattachées. Sont exclues de cette zone la mer Caspienne, la mer d'Aral et la mer Morte, considérées comme des lacs.

Le courant du Labrador rencontre le Gulf Stream, un courant chaud qui remonte vers l'océan Arctique, au niveau des Grands Bancs, des plateaux sous-marins peu profonds (de 25 à 100 m). Là, courants chaud et froid se mélangent, entraînant la création de brumes bien connues des navigateurs : les brumes des Grands Bancs.

À une même latitude, les eaux du courant du Labrador sont plus froides de 7 à 10 °C que celles du Gulf Stream qui longent les côtes nord-européennes. Moins salées et plus froides, elles peuvent geler près des côtes en hiver.

Courants de fonds

En profondeur, là où l'influence des vents ne s'exerce plus, les courants sont liés aux différences de température et de salinité*. L'eau salée a une densité* supérieure à celle de l'eau douce, et l'eau froide a une densité supérieure à celle de l'eau chaude. En arrivant dans la zone polaire, l'eau des courants de surface, plus chaude, se refroidit et se charge en sel. La salinité est en effet plus importante en surface, à cause de l'évaporation et de la formation de la banquise qui rejette le sel. Cette eau "tombe" alors vers le fond puis repart vers les tropiques, où elle va se réchauffer et remonter vers la surface. Le courant de fond redevient alors un courant de surface qui, après sa route en zone tropicale, repartira vers le nord. Ce phénomène de mouvement perpétuel a été baptisé par les scientifiques le "tapis roulant".

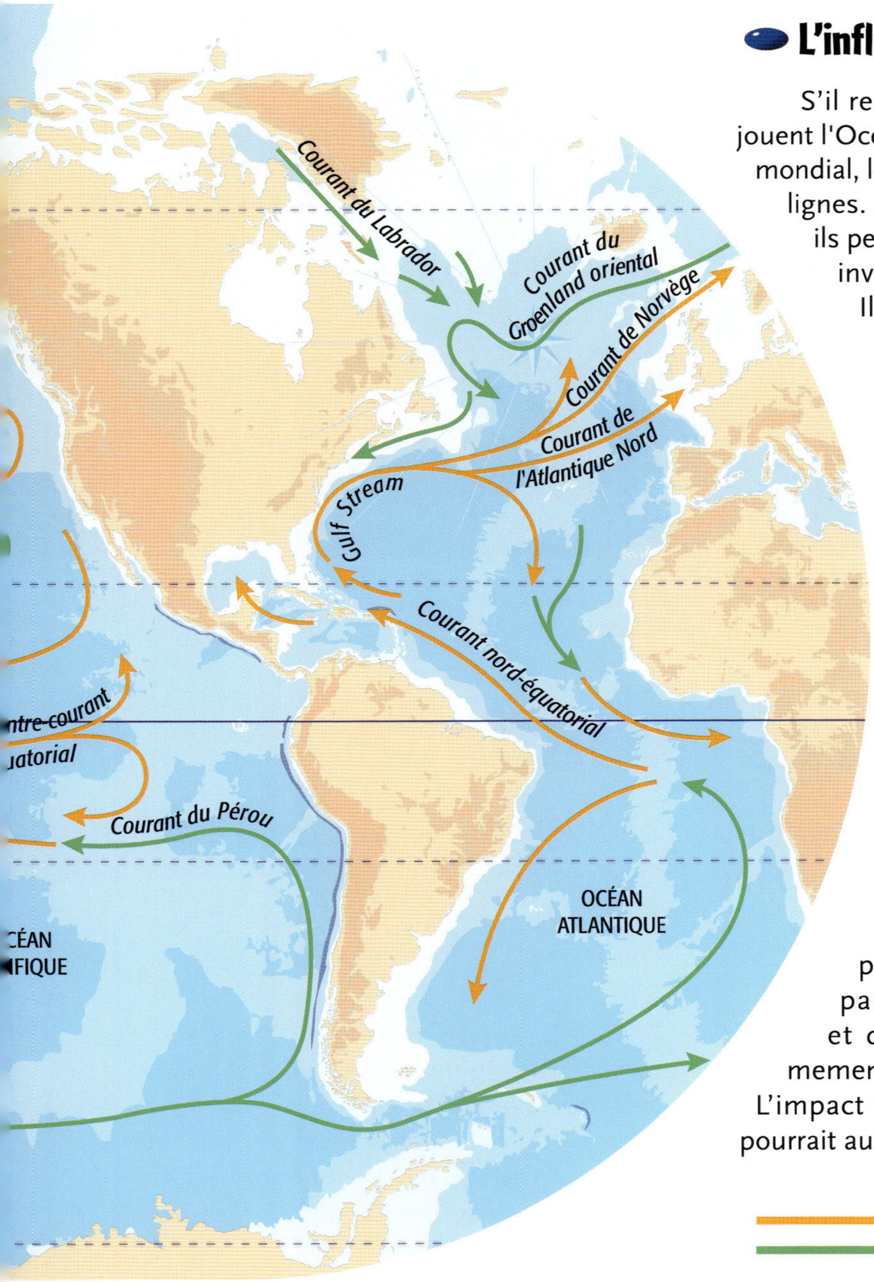

L'influence sur le climat

S'il reste beaucoup à apprendre sur le rôle que jouent l'Océan et les courants océaniques sur le climat mondial, leur étude a permis d'en montrer les grandes lignes. En absorbant et en transportant la chaleur, ils permettent de réchauffer les régions froides et, inversement, de refroidir les régions chaudes. Ils atténuent ainsi les écarts de température sur la Terre.

L'Océan mondial est aussi le premier fournisseur d'eau et d'humidité pour les continents, par évaporation de ses eaux de surface (*voir p. 18-19*). Ce grand brassage n'existe que par la circulation permanente des courants océaniques. Sans ce "tapis roulant", les écarts de températures entre régions froides et chaudes seraient beaucoup plus importants. Le réchauffement global de la Terre laisse craindre à certains scientifiques un ralentissement, voire un arrêt, des courants. Ce phénomène entraînerait des modifications climatiques importantes, notamment dans les régions tempérées. Ces changements potentiels ne sont pas encore connus, mais ils pourraient, par exemple, amener l'Europe de l'Ouest et du Nord à connaître des hivers extrêmement froids, des étés très chauds et humides. L'impact sur les précipitations et le cycle de l'eau pourrait aussi être considérable.

Courant chaud
Courant froid

Les courants de surface circulent dans le sens des aiguilles d'une montre dans l'hémisphère Nord et dans le sens contraire dans l'hémisphère Sud, résultat de la répartition des vents et de la rotation de la Terre.

Au large de Terre-Neuve, l'eau remonte du fond de l'océan pour suivre le relief des hauts-fonds, entraînant avec elle les nutriments du sol. Ces derniers permettent au phytoplancton de se développer, attirant ainsi les poissons. Cette partie de l'Atlantique est l'une des plus poissonneuses au monde.

Son important apport sédimentaire fait du delta de l'Okavongo un lieu d'une grande fertilité, où la biodiversité est l'une des plus importantes d'Afrique. Mais les prélèvements pour l'irrigation menacent cet endroit.

Les fleuves du monde

Si l'ensemble des cours d'eau d'un bassin était comparé à un système sanguin, les fleuves en seraient les artères : l'eau qui s'y écoule est indispensable aux terres qu'ils traversent et à leurs habitants.

Qu'est-ce qu'un fleuve ?

Un fleuve est un cours d'eau dont la première caractéristique est de se jeter dans la mer ou l'Océan. Il est alimenté dans son parcours par des rivières qui le rejoignent et viennent augmenter son débit et sa composition. Il est souvent très large et d'une profondeur suffisante pour permettre la navigation des bateaux, parfois en aménageant les rives ou en creusant le lit. La région parcourue et alimentée par un fleuve s'appelle un bassin fluvial, ou bassin versant. Dans le monde, on en compte 263 qui couvrent la moitié de la surface terrestre et abritent environ 40 % de la population mondiale.

Le barrage d'Assouan, qui a entraîné la création du lac Nasser, a considérablement réduit l'apport en sédiments à l'aval du fleuve. Il permet néanmoins d'alimenter toute l'Égypte en électricité.

Pour les Hindous, l'eau joue un rôle de purificateur et amène la vie. Dès lors, un fleuve devient rapidement sacré. C'est le cas, en Inde, de sept fleuves dont le Gange. Chaque année, des millions de fidèles effectuent des pèlerinages et se baignent dans ces eaux afin de purifier leur âme.

Un réservoir pour la fertilité

Depuis leur source jusqu'à leur embouchure, les fleuves récoltent et charrient de grandes quantités de particules minérales et végétales : les sédiments*. Ceux-ci finissent toujours par se déposer quelque part, que ce soit dans le lit du fleuve, dans des zones humides ou dans l'Océan. Ils fertilisent alors la zone où ils se sont accumulés, permettant le développement de plantes et d'arbres. Ils servent évidemment aussi à fertiliser les terres cultivées par l'homme. Lorsqu'ils se déposent dans l'Océan, ils enrichissent essentiellement les côtes, par l'apport de matière organique. Celle-ci favorise la croissance des algues et du plancton, permettant ainsi à de nombreux animaux de se nourrir et de se développer. C'est la raison pour laquelle les zones maritimes côtières sont les plus peuplées, alors que le reste des océans reste quasiment désertique.

Ce brochet, sous la surface d'un lac de Franche-Comté, est à la recherche de nourriture. Sa présence témoigne d'une qualité relativement bonne de l'eau à cet endroit du fleuve.

Long de près de 3 000 km, le Danube traverse l'Europe, de l'Allemagne à la Roumanie. Depuis l'Antiquité, il est une importante voie de navigation et de développement commercial.

Un atout pour l'économie

En traversant un pays ou une région, les fleuves – comme le Nil, la Seine ou le Danube – sont devenus des axes économiques de première importance. Les bateaux permettent le transport de matières premières vers les industries, l'approvisionnement des villes et l'acheminement des produits de l'industrie vers la mer ou d'autres villes. Avec l'approvisionnement en eau, c'est l'une des raisons principales de l'installation massive des populations sur leurs rives.

Le Nil, qui prend sa source dans le lac Victoria et se jette dans la Méditerranée, est l'artère vitale et le berceau de la civilisation égyptienne. Aujourd'hui encore, ces "bateaux-hôtels" réservés au tourisme participent, grâce au fleuve, à l'activité économique du pays.

Le revers de la médaille...

Il est logique que les activités humaines se soient intensément développées le long des fleuves, mais cela a entraîné des conséquences lourdes pour l'environnement et l'économie. En effet, les activités de l'homme, qu'elles soient liées à l'habitat, l'industrie ou l'agriculture, engendrent toujours des rejets et, pendant des siècles, il était bien pratique de les "déposer" dans le fleuve pour qu'ils partent avec le courant. Avec l'industrialisation massive des siècles derniers, l'augmentation de la population et l'apport de pesticides et d'engrais dans les sols, il a fallu créer des systèmes d'épuration des eaux (*voir p. 64-65*), afin de préserver les écosystèmes* le long des fleuves.

Relier les fleuves entre eux ! C'est le rôle des canaux, pour démultiplier le potentiel de la navigation fluviale, un mode de transport naturel, plus économique et plus écologique que les autres. Voies navigables de France (VNF) est un établissement public sous tutelle du ministère du Développement Durable qui exploite 6 700 km de voies.

Voies navigables de France (VNF) réalise aussi de nouveaux projets. Ainsi, le canal Seine-Nord Europe qui reliera, en 2015, les fleuves Seine et Escaut. Ce canal, long de 106 km, constituera une formidable ouverture du Bassin Parisien sur les 20 000 km de l'Europe du Nord fluviale.

Le fleuve de tous les records

Principal fleuve de l'Amérique du Sud, l'Amazone est considéré – avec le Nil – comme le plus grand du monde avec quelque 6 700 km de long. Grâce à ses affluents, il nourrit près de 40 % du continent. Vieux de 15 millions d'années, il prend sa source dans les Andes péruviennes à 5 500 m d'altitude et se jette dans l'océan Atlantique. Il représente à lui seul 20 % de l'eau douce sur Terre.

Champion de la biodiversité

Le bassin de l'Amazone représente en surface 1/3 des forêts et 10 % des biotopes du monde. Un hectare de forêt amazonienne abrite vingt fois plus d'espèces animales et végétales que la totalité du continent européen ! À lui seul, le bassin amazonien brésilien compte près de 1 800 espèces d'oiseaux, 3 000 de poissons, 600 de mammifères et 395 de reptiles. 100 000 espèces d'invertébrés ont été recensées par les scientifiques, dont près de 70 000 insectes. Cette biodiversité est parmi les plus importantes du monde (*voir p. 32-33 et DVD*).

Un enjeu majeur pour l'humanité

Malgré les agressions répétées que subit le bassin amazonien, il reste un incroyable vivier pour notre futur. Cette région est, avec les autres forêts primaires et l'Océan mondial, le plus grand terrain d'exploration et d'amélioration de nos connaissances de la Terre, alors que l'on estime aujourd'hui que nous n'en connaissons que 3 %. Il faut préserver les forêts car notre avenir y est étroitement lié : après l'Océan, elles représentent "l'autre poumon" de la Terre, un vivier végétal où la photosynthèse* s'exerce de façon massive et contribue au renouvellement de l'air et au refroidissement du climat.

Cette image, prise par un satellite américain, montre l'étendue impressionnante des ramifications des cours d'eau d'Amérique du Sud, avec l'Amazone au centre.

UN CONCURRENT DE TAILLE

Si aucun fleuve au monde ne peut rivaliser avec l'Amazone en termes de débit, de puissance et de biodiversité, le Nil – qui prend sa source au lac Victoria (Kenya) et se déverse dans la Méditerranée en Égypte – lui tient tête quant à la longueur. Depuis plus d'un siècle, les études n'ont pas réellement déterminé lequel de ces fleuves détenait le record. Tous les deux ont une longueur supérieure à 6 500 km. Il est convenu, en attendant des mesures plus précises, de dire que le Nil est le fleuve le plus long et l'Amazone le plus puissant.

Le débit de l'Amazone à son embouchure est, en moyenne annuelle, de 209 000 m³/s, soit l'équivalent de près de 100 piscines de 50 m de long, 15 m de large et 3 m de profondeur qui se déverseraient chaque seconde dans l'océan Atlantique. Sur toute sa longueur, l'Amazone a un débit moyen de 185 000 m³/s.

En mai 2009, l'Amazone a connu une crue record et un débit fluvial jamais enregistré jusqu'alors dans le monde avec près de 280 000 m³/s, ce qui représente environ cinq fois le débit du Congo, le deuxième fleuve le plus puissant de la planète.

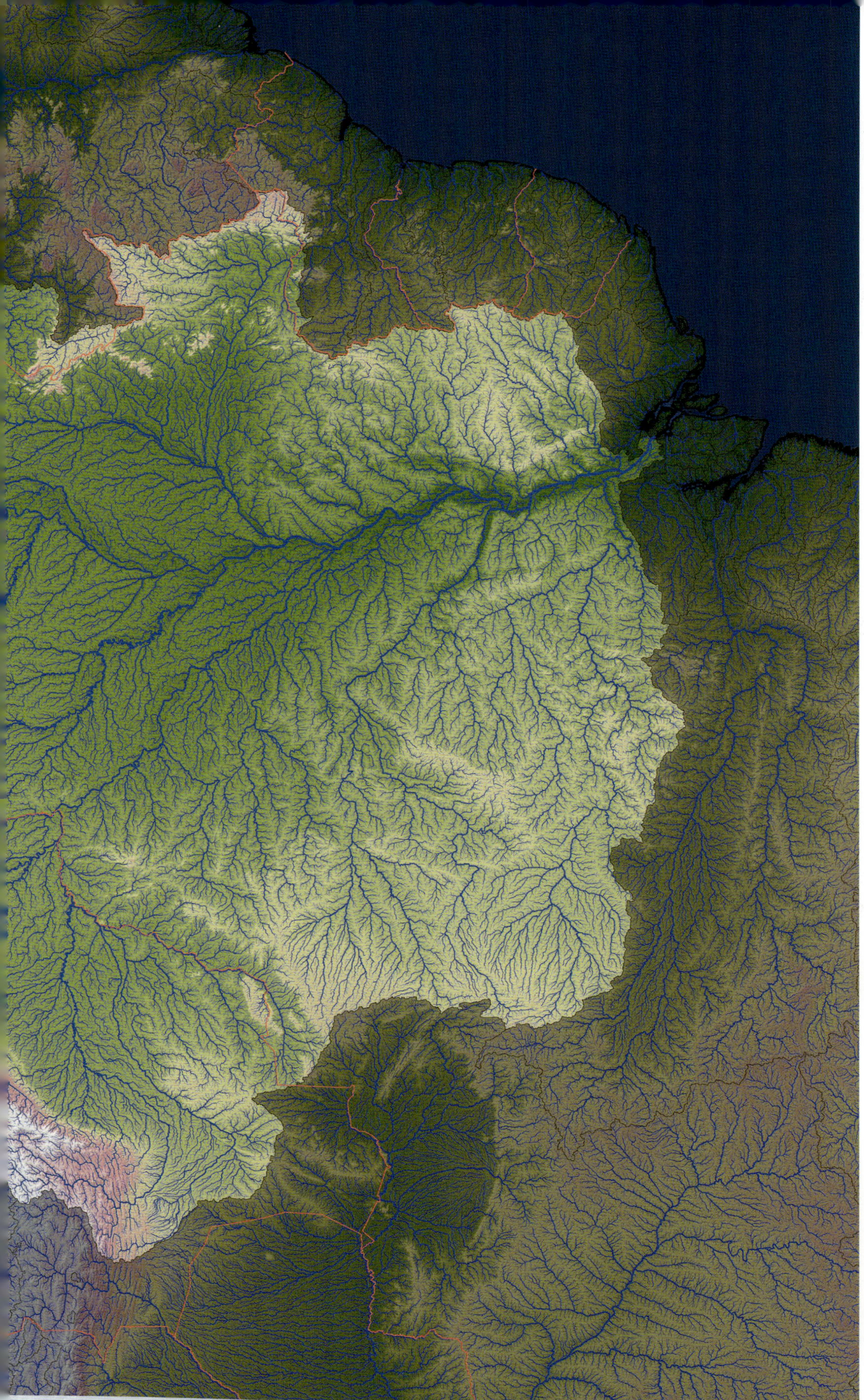

Canyon creusé par le fleuve.

Ouakari chauve dans la jungle.

Poissons hachettes échappant à leur prédateur.

L'Amazone se jette dans l'Océan.

Lors des grandes crues annuelles au plus fort de la saison des pluies, l'Amazone déborde et s'étend sur 80 km de chaque côté de son lit ! Habituées à ces débordements, la faune et la flore de la forêt se sont adaptées et profitent de cet afflux d'eau, pour leur reproduction ou leurs déplacements (voir DVD, chap.6).

Selon l'Organisation des Nations Unies pour l'Alimentation et l'Agriculture (FAO), la déforestation en Amazonie est de l'ordre de 42 510 km² par an ! Si ce rythme ne ralentit pas, la forêt primaire amazonienne aura totalement disparu en 2150. En 2070, l'Équateur n'aura plus de forêt ; il sera suivi par le Brésil.

Un trésor à protéger

L'Amazone est l'artère vitale d'une forêt que se partagent neuf pays d'Amérique du Sud. Les échanges entre le fleuve et la forêt amazonienne sont indispensables à l'équilibre de chacun. Si la biodiversité connue dans cette région du monde est déjà très riche, les estimations sur ce qu'il reste à découvrir sont, quant à elles, impressionnantes.

Des espèces par millions

Actuellement, le nombre d'espèces animales et végétales sur la Terre est estimé à 1,7 million. Même s'il est impossible d'établir un chiffre précis, les scientifiques estiment que les espèces qu'il nous reste à découvrir seraient de 5 à 20 millions. La plupart d'entre elles se trouvent au sein des grandes forêts primaires du monde, et en particulier en Amazonie. Le rôle des cours d'eau est important car ceux-ci abriteraient la plus grande partie des êtres vivants inconnus, notamment des bactéries, des micro-crustacés, des poissons et des mollusques. En dehors de l'intérêt purement naturaliste de révéler de nouvelles espèces, les scientifiques attendent beaucoup de ces découvertes : certains animaux ou plantes renferment peut-être, comme cela a déjà été démontré à maintes reprises, des molécules* qui entreront dans la composition de nouveaux médicaments, dans les produits cosmétiques, ou encore dans la gastronomie. Compte tenu du nombre d'espèces encore inconnues à ce jour, l'enjeu semble de taille pour l'humanité !

Des fourmis de feu s'apprêtent à traverser le fleuve.

Un jacana sur un nénuphar géant.

Cette mygale, qui vit sur l'île Marguerita en Amérique du Sud, se cache la journée dans des feuilles qu'elle enroule autour d'elle, et sort chasser la nuit. S'ils sont peu attirants, les arachnides sont très utiles pour la recherche médicale, notamment l'étude de leur venin pour la fabrication de nouveaux médicaments.

Lors des grandes marées de printemps, les eaux salées de l'Atlantique remontent le cours de l'Amazone, formant ainsi une vague appelée mascaret. Compte tenu de la force de l'océan et du débit important du fleuve, cette vague peut atteindre 6 m de haut et 35 km/h, la rendant extrêmement dangereuse.

Avec la déforestation, un des problèmes environnementaux majeurs en Amazonie est la pollution du fleuve et de l'atmosphère par le mercure. Ce mercure, utilisé dans l'industrie et l'orpaillage, est rejeté à l'eau et contamine gravement les populations alentour, s'attaquant au système nerveux et rénal.

Les champignons, comme ici en Guyane française, sont des représentants importants de la biodiversité de la forêt tropicale amazonienne.

Plante épiphyte de la jungle amazonienne.

Un impact humain trop important

La pression qu'exercent les activités humaines sur le bassin amazonien et sur le fleuve est devenue aujourd'hui très forte, et le risque à moyen terme est de voir disparaître les trésors végétal et animal de la forêt. L'agriculture et l'industrie se sont développées au point que la pollution et la déforestation ont atteint des niveaux records. Des études du Fonds mondial pour la Nature (WWF) ont conclu à une disparition de l'ordre de 50 % de la forêt primaire amazonienne à l'horizon de 2030 ! Certaines espèces étant localisées sur de petites superficies au sein de la forêt, il est fort probable que nous en ayons déjà fait disparaître avant même d'avoir pu les recenser ou les étudier.

Le climat mondial en jeu

La masse végétale de la forêt amazonienne représente, après l'Océan mondial, le plus important puits de carbone de la planète ; en utilisant le dioxyde de carbone (CO_2) présent dans l'atmosphère pour leur croissance, les végétaux contribuent à réduire la quantité de gaz à effet de serre*, et ralentissent ainsi la hausse de la température globale. De plus, chaque arbre transpirant plusieurs centaines de litres d'eau par jour dans l'atmosphère, la forêt apporte une contribution majeure dans la machine hydrique planétaire (*voir p. 18-19*). La progression excessive du déboisement de la forêt amazonienne participe, de façon importante, au phénomène de réchauffement global du climat.

À cause de la déforestation, le jaguar, animal emblématique de l'Amazonie, voit son habitat disparaître et sa survie mise en danger. Il est actuellement considéré comme menacé par l'Union internationale pour la Conservation de la Nature.

Durant les mois d'août à décembre 2007, plus de 7 000 km^2 de la forêt amazonienne ont été détruits, ce qui représente près de 100 fois la taille de la ville de Paris rasés en 5 mois !

Les insectes et les araignées sont les plus nombreux sur notre planète, avec près de 1,3 million d'espèces recensées. Chaque année, ce sont plus de 5 000 nouvelles espèces d'insectes qui sont découvertes !

Et le fleuve rejoint la mer

Mêlant eaux douces et salées, l'embouchure d'un fleuve sur l'Océan est une zone de transition entre deux écosystèmes*, où l'eau joue un rôle primordial.

Richesse absolue...

Tout au long de sa course vers l'Océan, l'eau du fleuve charrie avec elle des quantités astronomiques de nutriments organiques et minéraux, issus de déchets de végétaux, d'animaux, et de l'érosion des roches. À son arrivée, face à la rencontre avec la mer et à la force des marées, une grande partie de ces sédiments* se dépose dans l'estuaire. Dans cette zone de transition, les eaux sont plus ou moins saumâtres selon le débit du fleuve et le coefficient des marées. Cette richesse permet la prolifération de nombreux organismes (coquillages, poissons, crustacés...).

... mais malmenée !

Les nutriments naturels ne sont malheureusement pas les seuls à se déverser dans l'Océan, et les activités de l'homme en amont se font particulièrement sentir à cet endroit : composés chimiques issus de l'agriculture (pesticides, engrais), métaux lourds (mercure, plomb...), traces d'hydrocarbures et objets divers. Ces différents éléments tendent à se déposer dans la vase au fond de l'estuaire ou près des berges, contaminant ainsi l'écosystème tout entier. Il faut noter qu'une grande partie du plomb présent dans les estuaires provient de la chasse – et de la pêche dans une moindre mesure. La dispersion des plombs dans ces zones où cette activité est abondante est un fléau pour les populations animales, et particulièrement pour les oiseaux.

Lorsque la poussée de la marée est plus forte que celle des eaux fluviales, on assiste à un phénomène étrange appelé mascaret : une vague remonte le fleuve sur toute sa largeur. Sa hauteur dépend du coefficient de marée, mais elle est puissante, rapide et, parfois, extrêmement dangereuse.

La plus grande île de deltas du monde est l'île de Marajó située entre les embouchures de l'Amazone et du Tocantins. D'une superficie de près de 40 000 km² (ce qui représente environ 4,5 fois la taille de la Corse), elle accueille à peu près 200 000 habitants.

Le plus grand mascaret du monde est celui de la baie de Hangzhou en Chine. Il mesure 9 m et remonte le fleuve Qiantang à près de 40 km/h. L'imprudence des surfeurs et du public a déjà causé de nombreux morts.

Le delta du Nil, zone de verdure entourée de désert, est l'un des plus représentatifs du rôle de ces écosystèmes. 150 km avant de se jeter dans la Méditerranée, le fleuve se divise en plusieurs bras.

Sur l'Amazone, le mascaret crée des vagues qui atteignent 5 m de haut.

Vous avez dit "delta" ?

Un delta est un type d'embouchure particulier, qui doit son nom à sa forme triangulaire (comme la lettre grecque Δ). Les dépôts charriés par le fleuve se sont accumulés pour former des bancs de terre qui ont séparé le cours de l'eau en plusieurs bras, eux-mêmes divisés à leur tour, et ainsi de suite (*voir DVD, chap. 8*). Au fil du temps, l'enchevêtrement d'îlots a façonné une région entre terre et eau, où la vie a pu s'épanouir, aidée en cela par les apports nutritifs du fleuve. Par endroits, certains bras se sont même refermés, formant des zones de marais. Les deltas ne sont pas nécessairement liés à la présence de l'Océan. Certains d'entre eux se sont créés sur des mers intérieures ou des lacs, comme le delta du Danube au niveau de la mer Noire.

La tortue mata-mata est un redoutable prédateur de poissons et d'amphibiens. Au Venezuela, on la trouve facilement dans le delta de l'Orénoque (voir DVD, chap. 7).

Merveilleux deltas

Les deltas sont devenus d'immenses écosystèmes accueillant des quantités incroyables d'espèces : poissons, insectes, amphibiens, reptiles, oiseaux et mammifères, y forment une longue chaîne alimentaire. L'homme y a rapidement trouvé son compte, car la fertilité des sols et la présence d'animaux lui ont offert de nombreuses possibilités pour l'agriculture (cultures, prélèvement de terre...), la pêche et la chasse.

Le delta de l'Orénoque, au Venezuela, abrite une quantité impressionnante d'espèces animales. Les études ont démontré la présence de 1 300 espèces d'oiseaux, 250 de reptiles, 500 d'amphibiens et plus de 1 000 espèces marines.

L'excès de plomb dans l'organisme s'appelle le saturnisme. Il s'agit d'un empoisonnement grave, qui peut entraîner la mort. Les oiseaux, les mammifères et l'homme y sont particulièrement sensibles. Le saturnisme provoque des séquelles irréversibles, comme le retard mental ou les troubles du système nerveux.

Les lacs : formidables réservoirs

Les lacs se ressemblent ; tous sont pourtant différents par leur taille, leur profondeur, leur géographie ou leur origine. Tous représentent des écosystèmes* fondamentaux, et des sources d'approvisionnement en eau douce pour les régions qui les abritent.

Le Lac Bleu a été créé à l'emplacement d'une carrière de craie à Rœux (Pas-de-Calais), dont l'exploitation s'est arrêtée en 1975. Son nom vient de la couleur donnée par l'eau sur le fond blanc. Profond d'environ 20 m et alimenté par la nappe phréatique, il abrite amphibiens, brochets, méduses, et est entouré par des pelouses calcaires.

Lac, étang...

Dans le langage courant, on parle de lac pour une grande étendue d'eau, et d'étang pour une surface plus petite ; la notion reste cependant assez floue. Plus logiquement, on différencie un lac d'un étang par la profondeur et la circulation d'eau. On qualifie d'étang une étendue d'eau stagnante peu profonde, où la lumière pénètre et permet la photosynthèse* sur toute la superficie. Contrairement à un lac, il n'a pas de stratification thermique (*voir dessins*). Néanmoins, même avec cette définition plus précise, le flou demeure : certaines étendues sont peu profondes mais avec une circulation d'eau conséquente, comme le lac de Grand-Lieu, près de Nantes ; d'autres, presque totalement stagnantes mais très profondes, avec une stratification thermique, comme certains lacs de volcans.

... ou mer intérieure ?

Les mers intérieures, quant à elles, ont un statut particulier. Issues de la fermeture de mers ouvertes, totalement enclavées comme les lacs, elles s'en différencient par la salinité* de leur eau, parfois bien supérieure à celle des océans. Ainsi, le Grand Lac Salé, au nord des États-Unis, a une salinité allant de 5 à 27 %, selon les endroits, alors que la moyenne des océans est de 3,5 %.

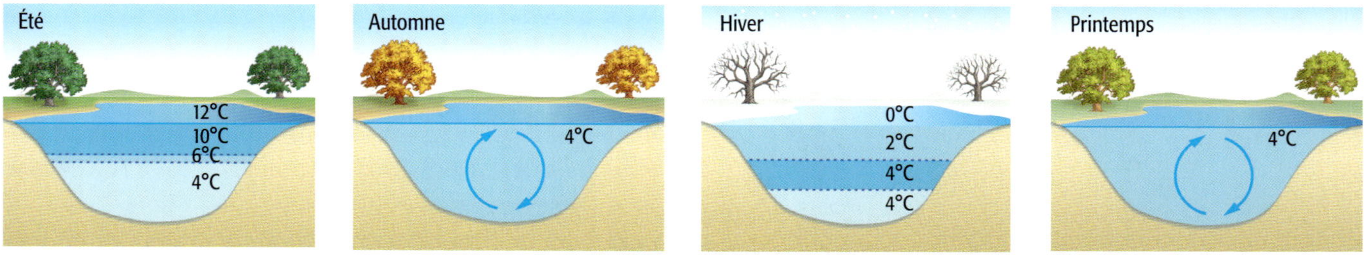

Stratification verticale des températures d'un lac de montagne, et brassage de l'eau au printemps et à l'automne. On peut noter que le fond du lac est toujours à 4 °C. La masse volumique de l'eau étant optimale à 4 °C (voir p. 10)*, ce brassage ne peut s'effectuer que lorsque la couche de surface atteint cette température.*

La plus grande masse d'eau fermée du monde, la mer Caspienne, a une superficie de 371 000 km² (plus de la moitié de la superficie de la France) et une salinité de 1,2 %. Elle est alimentée par quatre fleuves, dont la Volga qui lui fournit 80 % de son eau.

La mer d'Aral, entre le Kazakhstan au nord et l'Ouzbékistan, s'est quasiment asséchée depuis que les Soviétiques ont détourné l'eau des fleuves Amou-Daria et Syr-Daria pour irriguer des cultures de coton.

D'où viennent les lacs ?

Les lacs ont différentes sources d'approvisionnement, en fonction de leur géographie. Ils sont alimentés directement par les glaciers, les cours d'eaux (fleuves et rivières) ou les nappes phréatiques. Ce qui les caractérise le plus est l'origine de leur création. Si certains proviennent de l'érosion glaciaire, d'autres sont dus à la dissolution du calcaire par l'eau (*voir p. 42*), ou ont été créés par les mouvements des plaques continentales. On trouve également des lacs volcaniques, formés à la suite d'éruptions anciennes, comme les lacs d'Auvergne, et, pour finir, des lacs artificiels, qui servent essentiellement à la production d'énergie hydroélectrique et à l'irrigation.

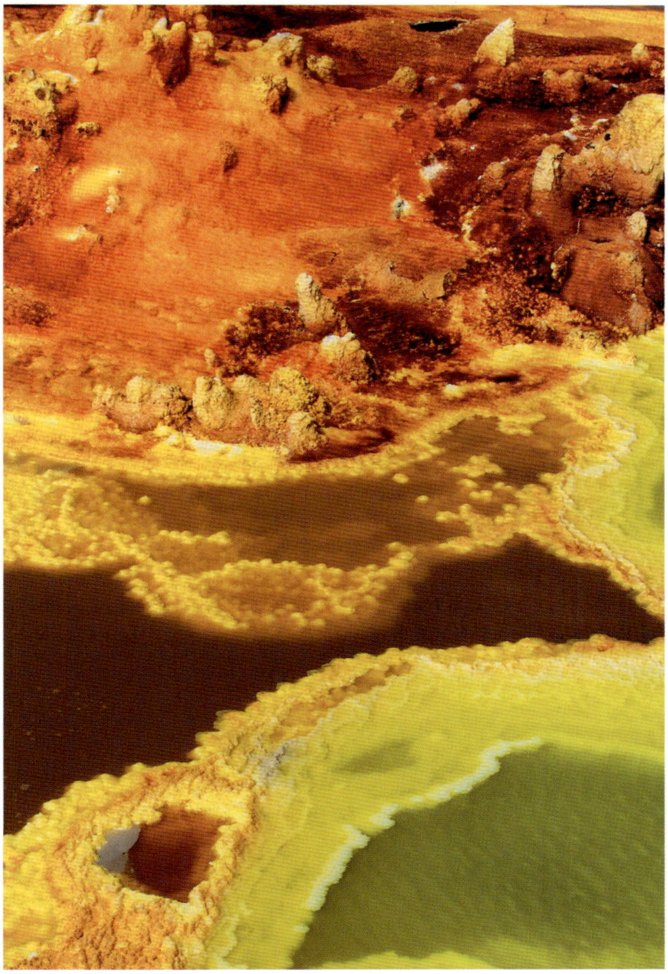

Mieux vaut éviter de se baigner dans certains lacs ! Ainsi, dans le lac Dallol (Éthiopie), d'origine volcanique, l'eau est acide. On voit ici des concrétions colorées par le soufre.

Lorsqu'un lac est peu profond, comme ici dans les montagnes autrichiennes, la lumière atteint le fond et permet la photosynthèse des plantes et une bonne oxygénation de l'eau.

Chaleur et lumière

Comme les océans, les lacs se "découpent" sur leur hauteur en tranches horizontales, les strates, liées à la température de l'eau. Les eaux de surface sont plus chaudes que les eaux du fond. Les organismes vivants (plancton, algues, poissons, crustacés, amphibiens...) sont donc plus nombreux dans ces eaux, notamment près du rivage, dans la zone littorale. Cette stratification est aussi intimement liée au rôle de la lumière. Celle-ci s'estompe (*voir p. 14-15*) peu à peu en descendant vers le fond. Quand la lumière devient insuffisante, la photosynthèse ne s'exerce plus et l'oxygène manque, ce qui limite fortement le développement des organismes dans ces zones.

Vue aérienne du célèbre lac Nakuru, au Kenya. Ce lac est un abri pour près de 400 espèces d'oiseaux et de nombreux mammifères, comme le rhinocéros noir, les lions ou les hyènes.

Plus un lac est grand, plus l'évaporation de ses eaux – et par conséquent les échanges hydriques du cycle naturel de l'eau – est importante. Elle est fonction de la superficie, de la température de l'air à la surface et de la vitesse des vents. Par exemple, le lac Tchad a une évaporation de l'ordre de 4 à 5 m par an.

La pollution par ruissellement est le principal danger menaçant les lacs, surtout s'ils se situent à proximité ou en aval d'activités agricoles. Les nutriments apportés par l'agriculture et l'élevage finissent par "étouffer" le lac en provoquant un déséquilibre gazeux, fatal pour les organismes qu'il abrite.

Cette image nous montre un marais... dans un marais ! En hiver, quand les eaux montent, les alentours des marais (ici, celui de Biache) se retrouvent inondés, et forment un marais provisoire.

Marais et tourbières

Les marais et les tourbières appartiennent à la catégorie des zones humides. Lieux de vie, de prédation et de reproduction, ils sont extrêmement sensibles et jouent un rôle majeur dans l'équilibre environnemental.

Zones de débordement

Les marais sont des écosystèmes* complexes : la richesse des sols, la présence d'eau et une végétation aquatique et terrestre abondante attirent de nombreux animaux, formant une longue chaîne alimentaire. Ils représentent aussi un intérêt écologique fondamental. Naturellement, lorsque les crues arrivent, les cours d'eau débordent, la nappe phréatique est saturée et les marais accueillent ce surplus, évitant les inondations. Les hommes les ont longtemps asséchés, par crainte des maladies comme le paludisme, et pour créer de nouvelles zones agricoles. Maintenant que l'on comprend mieux leur rôle, les marais sont protégés, voire réhabilités, dans de nombreuses régions, comme la Camargue ou la Brenne.

Puits de carbone

Comme les marais, les tourbières sont des zones humides, mais elles diffèrent de ceux-ci par leur situation, leur rôle d'habitat et leur influence sur l'environnement. On les trouve plus particulièrement dans des zones froides, comme en montagne, et aussi en région tropicale, dans des conditions particulières. Elles renferment une importante couche de végétaux morts mais non décomposés – comme la sphaigne, les joncs ou la bruyère, dont les résidus forment la tourbe.

D'abord, une ceinture végétale apparaît autour de l'eau stagnante. La matière organique s'accumule, la tourbe se constitue et des buttes se forment. Puis la tourbière flottante s'assèche en son centre et s'affaisse.

Argile imperméable – *Tourbe de bois humide* – *Tourbe de marais* – *Tourbe de marais bombé*

Le Canada possède la plus importante superficie de terres à zones humides au monde. Elles recouvrent actuellement 16 % de son territoire et représentent près du quart de la surface mondiale des zones humides !

La Convention sur les Zones humides, signée à Ramsar (Iran) en 1971, est un traité intergouvernemental qui sert de cadre à l'action nationale et à la coopération internationale pour la conservation et l'utilisation rationnelle des zones humides et de leurs ressources.

Dans les régions froides, la température basse ralentit le processus de décomposition des végétaux, alors que dans les régions tropicales, ce sont des précipitations supérieures à l'évaporation qui limitent l'effet de la photosynthèse* et privent ainsi l'eau de dioxygène. Le dioxyde de carbone (CO_2) est donc stocké dans la tourbe et rend l'eau plus acide. On considère les tourbières comme l'un des plus importants puits de carbone dans le sol, puisqu'elles conserveraient de 15 à 30 % de celui-ci. L'acidité de l'eau amène une biodiversité différente de celle des marais. Les végétaux se sont nécessairement adaptés ; la faune est variable selon les latitudes, mais elle aussi s'est accommodée au milieu, comme la grenouille rousse, le vison ou certains lézards.

Vue d'avion d'une immense tourbière en Laponie (Finlande).

Derrière les dunes, il y a la mer… Cette zone humide de la Côte d'Opale est ce que l'on appelle un marais côtier, et sert d'abri à de nombreux oiseaux migrateurs.

Intérêts économiques

Riche en matières végétales, la tourbe est essentiellement utilisée comme combustible ou engrais pour l'horticulture. Aujourd'hui, les tourbières sont protégées car, si elles venaient à disparaître, nous courrions deux dangers : d'une part, étant des zones humides, elles sont des écosystèmes importants et abritent de nombreuses espèces particulières, voire endémiques ; d'autre part, notamment dans le cas de la combustion, le CO_2 rejeté dans l'atmosphère aurait un impact considérable sur le réchauffement climatique, par la libération du méthane et du carbone stockés en quantités gigantesques.

Les marais, quant à eux, peuvent être exploités de diverses manières tout en étant préservés, si l'on veut bien faire un effort : pisciculture, récolte de la vase fertile à l'occasion des curages et écotourisme (randonnée, observation d'espèces animales...). Dans les marais d'eau salée, la récolte du sel, l'élevage de crevettes ou de coquillages sont possibles, comme c'est le cas dans les marais du Médoc.

Cette expédition scientifique effectue des relevés dans le marais de Kaw (Guyane). D'une superficie de près de 95 000 hectares, ce marais abrite de nombreuses espèces animales, dont le très rare caïman noir.

Le brochet, poisson carnassier d'eau douce, se reproduit au printemps dans les zones de crues, car l'eau est moins profonde, donc plus chaude et riche en plancton, ce qui constitue les conditions idéales de développement des alevins. La disparition des zones de débordement met sa population en grand danger.

Les tourbières produisent du méthane, un puissant gaz à effet de serre. Mais cette production est très inférieure à l'ensemble du carbone qu'elles capturent et stockent dans la tourbe.*

Habitants des eaux douces

Les eaux douces – marais, lacs, étangs et rivières – sont des biotopes remarquables, extrêmement riches en végétaux et en animaux. Ce regroupement de vie à proximité de l'eau est fondé sur la nécessité de se nourrir et de se reproduire

En Amérique du Sud d'où il est originaire, le ragondin voit sa population régulée par la présence de prédateurs comme le puma ou le caïman. Il vit dans des galeries creusées dans les berges et se nourrit de racines, d'écorces, de céréales sauvages et d'herbes aquatiques.

Les zones humides que sont les étangs et les marais constituent un lieu de choix pour les oiseaux. Ils y trouvent une alimentation variée, comme ici, au Kenya, ce crabier chevelu capturant une grenouille. Grâce à cette présence de nourriture en grande quantité, les étendues aquatiques représentent des étapes vitales pour les migrateurs pendant leur voyage.

L'hippopotame, dont le mâle peut peser jusqu'à trois tonnes, a un mode de vie essentiellement aquatique. L'eau le protège du Soleil et lui fournit son alimentation en herbe, à concurrence de 50 kg par jour !

Les amphibiens du monde entier sont aujourd'hui menacés par un champignon, le chytride, qui a décimé des populations entières en Amérique Centrale et s'attaque maintenant aux espèces européennes.

Le ragondin a été introduit au XIXe siècle en France pour l'exploitation de sa fourrure. Depuis, il a colonisé plus de soixante-dix départements et est considéré comme une espèce invasive. Il est régulièrement chassé afin de limiter sa population.

Les amphibiens sont parmi les animaux les plus sensibles à la qualité de l'eau, parce qu'une grande partie de leur respiration se fait par la peau. De nombreux vaisseaux capillaires se trouvent juste sous la surface de leur épiderme et captent le dioxygène nécessaire. La présence d'amphibiens dans un milieu aquatique dénote une bonne qualité de l'eau et la quasi absence de pollution.

Dans les premiers temps de sa vie, le têtard de crapaud se nourrit des parties les plus molles des racines, ou des feuilles des plantes aquatiques (ici du cresson sauvage). Sur les milliers d'œufs pondus par les batraciens dans les mares, environ 10 % seulement arriveront à l'âge adulte, les autres étant mangés par des poissons ou des oiseaux.

Au Venezuela, dans la région des Llanos, l'anaconda est le plus grand prédateur des marais. Situé tout en haut de la chaîne alimentaire, il trouve sa nourriture dans l'eau : oiseaux, mammifères et caïmans.

Au Venezuela, certaines grandes fermes d'agriculture traditionnelle participent à des programmes de réintroduction de crocodiles, tortues et anacondas. Pour cela, elles doivent aménager une partie de leur exploitation et reçoivent des subventions du gouvernement.

Au Canada, les moules d'eau douce sont les principaux indicateurs de la qualité de l'eau des rivières. Celle-ci étant souvent très mauvaise, les moules tendent à disparaître. Le ministère des Pêches et de l'Océan a même déterminé que c'était l'espèce aquatique la plus menacée de toute la planète.

Quand l'eau devient souterraine

Avec la loi de la gravité ajoutée à son état liquide, l'eau pénètre naturellement dans le sol. Elle y circule en s'immisçant entre les particules minérales et végétales, forme des rivières et suit la pente qui l'emmène vers la mer, se laissant parfois admirer lorsqu'elle ressort pour quelque temps à l'air libre.

La résurgence de la Loue, dans le département du Doubs, illustre la sortie de l'eau de la falaise lorsque le relief ne lui permet plus d'être souterraine.*

Coupe d'un plateau karstique.

Principes de fonctionnement

L'eau de surface s'infiltre dans chaque interstice et descend sous terre jusqu'à ce qu'elle rencontre une limite de roche imperméable. Elle s'accumule ainsi jusqu'à la saturation complète des sols traversés, un peu comme une éponge imbibée d'eau, puis s'écoule aidée par la pente du terrain. Lorsque les précipitations ou les crues des rivières sont supérieures à l'écoulement maximum, la nappe d'eau est saturée, le sol à la surface se gorge d'eau et une inondation se forme. Néanmoins, il n'existe pas qu'un seul type de nappe souterraine. Profondes ou affleurantes, libres ou captives, il y a autant de types de nappe qu'il y a de reliefs.

L'eau qui ronge

Il arrive que, lors de son cheminement souterrain, l'eau rencontre des roches calcaires, qu'elle va peu à peu dissoudre par son acidité (liée au dioxyde de carbone). C'est ce qui se passe depuis des millénaires et qui a contribué au façonnage de reliefs terrestres, comme les canyons ou certaines grottes souterraines. On parle alors de relief ou de grotte karstique (*voir dessin*). L'érosion des roches non calcaires, même les plus dures comme le granit, se fait aussi par l'incessant écoulement de l'eau.

Cette grotte n'est pas vraiment souterraine. Elle est située sous le manteau du glacier Pastorouri, au Pérou (altitude : 5 200 m) !

Il existe de nombreuses sources d'eau potable sous les océans. Le principe est le même que sur terre : l'eau "sort" sous pression de la nappe ou de rivières souterraines. Ces sources, parfois exploitées, n'ont pas un grand rendement, l'eau salée environnante tendant à se mélanger à l'eau douce.

Dans de vastes zones de l'Inde et de la Chine, le niveau des eaux souterraines baisse de 1 à 3 m par an, ce qui entraîne l'intrusion des eaux salées dans les nappes, augmente le coût du pompage et met en danger la production agricole.

Cette image prise dans le Toulois (Meurthe et Moselle) est un très bon exemple de résurgence par affleurement. On peut noter la transparence de l'eau malgré la présence de terre végétale.

La pureté...

... ou presque ! L'eau, en pénétrant le sol, parfois sur de grandes profondeurs, traverse différents types de couches – terre végétale, graviers, sable, etc. – qui la filtrent de ses particules, polluantes ou non. Les eaux souterraines sont donc relativement pures. Cela s'observe dans les lacs de résurgence* ou les grottes souterraines, où la clarté de l'eau est excellente. Cette filtration naturelle l'enrichit en même temps de sels minéraux, qui sont vitaux pour les organismes vivants. Les grandes marques d'eaux minérales puisent leur eau après qu'elle ait été filtrée directement dans le sous-sol, ce qui met parfois des années pour une filtration complète. Chaque marque commercialise une eau avec des propriétés particulières, liées aux sels dissous. Certaines sont peu minéralisées, d'autres riches en magnésium ou en calcium.

Protection absolue

Les eaux souterraines représentent, après les océans et les glaces, le troisième plus gros réservoir d'eau du monde, mais surtout un des plus importants pour sa qualité, son accessibilité et son rôle dans l'approvisionnement des rivières et des milieux aquatiques. Cette eau qui circule sous nos pieds, parfois très loin, forme un cycle complet en plusieurs centaines d'années, d'où la nécessité de la protéger. On sait que lorsque des pollutions atteignent la nappe phréatique, il est très difficile, voire impossible, de s'en débarrasser et le nettoyage "naturel" de la nappe prend des siècles.

Les cénotes, comme celui de Ik-Kil au Yucatan (Mexique), sont des gouffres remplis d'eau. Anciennes rivières ou grottes souterraines, ils sont apparus lors de l'effondrement de la voûte supérieure à la suite de l'érosion.

Le karst tient son nom d'une région de Slovénie qui s'étend entre le golfe de Trieste et la vallée de Vipava. Cette région abrite plus de 1 000 grottes karstiques, parmi lesquelles une des plus grandes du monde, la grotte de Kostanjevica qui est accessible au public.

Le cénote le plus profond au monde est le celui de Zacatón, au centre du Mexique. Un robot plongeur l'a exploré et a atteint le fond à 318 m ! Ce robot s'appelle le DepthX et a été construit par une société américaine qui cartographie les cénotes et les gouffres partout sur la planète.

Les glaces du monde

Représentant un peu plus de 2 % du volume total de l'eau sur Terre et près de 70 % de toute l'eau douce, les glaces terrestres et de banquise sont fondamentales à la régulation et la compréhension de notre climat. Leur mise en danger par le réchauffement global est une menace pour l'humanité entière.

Il est possible de voir un arc-en-ciel totalement blanc dans des conditions extrêmes de froid, comme ici sur la banquise de l'océan Arctique.

Mémoires du climat

Le pôle Nord est essentiellement constitué d'une banquise flottante, c'est-à-dire d'une étendue de mer gelée de plusieurs mètres d'épaisseur. L'Antarctique, situé à l'opposé, est une terre recouverte de glace – tout comme le Groenland, une île immense au nord du Canada. On appelle cela une calotte, car elle recouvre le sol un peu comme un chapeau. Épaisse de plusieurs centaines de mètres, cette calotte glaciaire s'est formée par l'accumulation et le tassement successifs de précipitations neigeuses, dans lesquelles l'air a été pris au piège sous forme de bulles. Au fil des siècles, elle s'est transformée en archives de notre climat : les études sur des prélèvements obtenus par carottage* nous montrent son évolution depuis des milliers d'années, et notamment une hausse significative des particules de dioxyde de carbone (CO_2) et de méthane emprisonnées depuis le début de l'ère industrielle.

L'Antarctique est la plus grande réserve de glace, et donc d'eau douce, du monde. Ici les icebergs les plus grands jamais observés, scientifiquement dénommés C16 et B15a.

La totalité de l'eau contenue sur Terre forme l'hydrosphère, dont le volume total est estimé à environ 1400 millions de km^3. Cela paraît considérable. Cependant, il convient de relativiser : l'eau douce ne représente que 40 millions de km^3 environ (voir p. 22-23).

L'ours blanc, qui ne vit qu'au pôle Nord, est entré dans la liste des animaux gravement menacés d'extinction établie par l'UICN. Le réchauffement climatique entraîne une réduction telle des glaces d'été que l'animal voit son habitat réduit au point que son existence même est en jeu.

La comparaison entre la taille du plongeur et celle d'un iceberg bloqué par la banquise apporte un modeste indice sur les dimensions colossales des glaces en Antarctique.

La vie dans les glaces polaires

Si l'on est loin du nombre d'espèces animales fréquentant les forêts tropicales, la vie dans les univers gelés est pourtant présente. Du plancton jusqu'aux gigantesques baleines, en passant par les crustacés, les poissons, les oiseaux de mer, les phoques et apparentés, et les grands prédateurs comme l'ours blanc ou l'orque, la chaîne alimentaire y est complète et bien installée. Le risque de fonte des glaces par le réchauffement climatique mondial menace de rompre cette chaîne, ce qui entraînerait la disparition complète de certaines espèces polaires. À l'exception des algues, les végétaux sont très faiblement représentés dans ces parties du monde. Le cycle de la lumière, le froid et l'absence de terre empêchent leur développement.

Il est absolument nécessaire d'enrayer le phénomène de réchauffement climatique. La disparition totale de la banquise flottante entraînerait, avec celle de l'ours, un bouleversement total de la chaîne alimentaire de ces contrées.

Indispensables glaciers

Les glaciers sont des sortes de grandes rivières gelées qui, en raison du poids de la glace qui vient les enrichir, s'écoulent en pente en creusant leurs propres vallées. Ils sont approvisionnés en eau par les précipitations d'altitude qui, comme pour les calottes glaciaires, viennent s'accumuler en gelant. Ces différentes strates qui composent l'épaisseur des glaciers permettent aux scientifiques de "lire" le passé régional du climat. Mais leur rôle ne se limite pas à celui de témoin ! En stockant de très grandes quantités d'eau douce, les glaciers sont une source essentielle d'approvisionnement pour la vie dans les plaines, notamment en été, quand les précipitations se font plus rares.

Les glaciers d'altitude constituent aussi de formidables réserves d'eau, comme nous le montre cette image d'un lac glaciaire et de son glacier prise dans la Cordillère des Andes.

Au Groenland, dans la partie la plus épaisse de la calotte, les glaciologues ont pu forer par carottage une épaisseur de glace de 3 050 m, avant d'atteindre la roche. L'étude de ces carottes successives a permis de retracer l'évolution du climat depuis 2 500 siècles !

L'eau douce des calottes antarctique et groenlandaise est une eau très difficilement accessible par l'homme. Plusieurs tentatives de remorquage des icebergs ont été effectuées, mais l'eau récoltée revient extrêmement cher, du fait même du coût de ce remorquage.

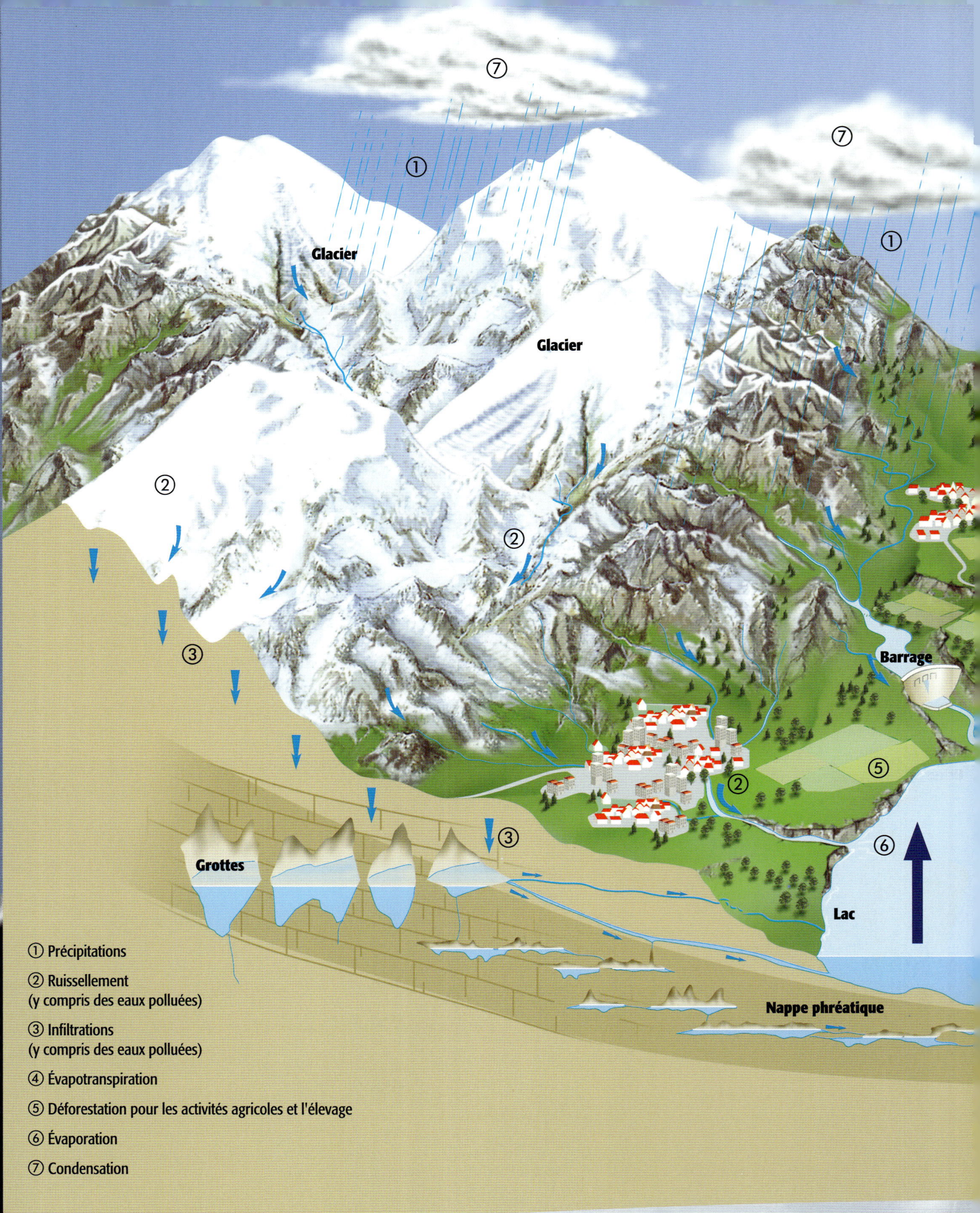

L'agriculture est la plus grande consommatrice d'eau dans le monde, pour l'irrigation ou l'élevage : l'ensemble des récoltes utilise plus de 6 milliards de mètres cubes d'eau par an, dont près d'un quart est dédié à la production de riz.

Le WWF, organisation mondiale de protection de la nature, a estimé que sur les 4 645 litres d'eau nécessaires par jour à chaque britannique, 62 % devaient être importés, ce qui fait de la Grande Bretagne le sixième plus gros importateur d'eau au monde, derrière le Brésil, le Mexique, le Japon, la Chine et l'Italie.

Le cycle de l'eau modifié par l'homme

Pour ses besoins de consommation, de nourriture, d'énergie et de logement, l'homme a profondément modifié les paysages naturels et, par conséquent, le cycle de l'eau sur la Terre. Si le cycle évaporation/condensation/précipitations reste inchangé, la quantité, la qualité et la répartition de l'eau se trouvent totalement bouleversées. Afin de mieux comprendre ces changements, compare ce dessin avec celui des pages 18-19.

L'élevage est le secteur qui a le plus d'impact en matière de consommation d'eau dans toute la chaîne alimentaire : entre l'arrosage des céréales pour la nourriture et la consommation directe pour l'abreuvage, il faut 2 400 litres d'eau en moyenne pour produire un seul hamburger !

Selon l'Organisation des Nations unies pour l'Alimentation et l'Agriculture (FAO), l'irrigation augmente le rendement des cultures de 100 à 400 %. Sur les trente prochaines années, 70 % de l'augmentation de la production céréalière devraient provenir de terres irriguées.

Des besoins toujours plus grands

Depuis la nuit des temps, l'homme entretient avec l'eau une relation délicate. Il s'en est d'abord servi pour étancher sa soif, il a ensuite tenté de la domestiquer en détournant les rivières, en creusant des puits, des lacs artificiels, et il a bâti les villes autour. Aujourd'hui, le monde a changé et la demande - pour l'agriculture, l'industrie, le transport, la consommation domestique - est toujours plus importante...

Dans le désert lybien, l'homme a créé des champs en forme de disque. L'arrosage se fait comme un compas et automatiquement. La quantité d'eau nécessaire à cette agriculture en pleine chaleur est démesurée en comparaison de celle utilisée par ce paysan malien qui arrose sa future récolte avec une calebasse.

CONSOMMATION OU PRÉLÈVEMENT ?

Lorsque l'on aborde la notion de gestion ou d'exploitation de l'eau, on doit bien faire la différence entre prélèvement et consommation. Le prélèvement consiste à extraire l'eau du milieu naturel (rivière, nappe, lac…) pour l'acheminer là où on en a besoin (robinet, champ, usine…). La consommation se traduit par la quantité d'eau finalement évaporée, que ce soit directement ou après une utilisation par le corps humain, les animaux ou les végétaux (évapotranspiration). Par exemple, l'eau prélevée pour l'agriculture d'irrigation est presque intégralement consommée, car elle est puisée par les végétaux ou s'évapore lors des arrosages en plein soleil. À l'inverse, l'eau prélevée pour l'industrie et qui sert essentiellement au refroidissement ou au lavage est peu consommée, car elle est soit réintroduite directement dans le milieu naturel, soit envoyée vers des stations d'épuration pour y être nettoyée.*

L'utilisation de l'eau pour l'énergie dans les barrages hydroélectriques entraîne les prélèvements les plus importants. Cependant, la consommation est quasiment nulle, l'eau prélevée dans les barrages étant immédiatement réintroduite dans la rivière. Seule l'évaporation des lacs de retenue est à prendre en compte.

La moitié de l'eau utilisée en agriculture est gaspillée : arrosage de jour, fuites, pertes pendant le transport et surtout consommation (nourriture gâchée). Aux États-Unis, les 30 % de nourriture gaspillés chaque année correspondent à 40 000 milliards de litres d'eau, soit de quoi couvrir les besoins de 500 millions de personnes.

Cette station de pompage d'eau souterraine en Californie illustre bien les besoins grandissants d'une agriculture qui ne peut plus se passer d'irrigation et prélève de plus en plus d'eau dans les nappes souterraines.

La consommation en eau des ménages ne cesse d'augmenter. Si celle utilisée en cuisine – comme ici pour le lavage des légumes – ne représente que 5 % de la consommation d'une famille, la chasse d'eau et le lavage corporel (douche, bain, lavabo) représentent près de 60 % de l'eau que nous utilisons dans l'hémisphère Nord.

Les besoins de l'industrie sont en constante augmentation (*voir p. 56-57*). L'eau prélevée est faiblement consommée, mais le principal problème vient des eaux usées qu'il faut retraiter, comme celles de cette usine de papier en Finlande.

Lorsque l'eau s'évapore, directement de surfaces aquatiques ou indirectement par évapotranspiration, elle parcourt 1 000 km dans l'atmosphère avant de retomber sous forme de précipitations. Ce résultat est une moyenne mondiale et les distances varient d'une région à l'autre en fonction des diverses conditions climatiques.

Les besoins en eau de l'humanité ne sont pas proportionnels à l'augmentation de la population. Ainsi, en un siècle (1900-2000), ils ont été multipliés par 7 alors que, dans le même temps, la population passait de 1,7 à 6,1 milliards d'habitants, soit une multiplication par 3,6.

Dans les régions montagneuses d'Asie comme ici à Bali, la riziculture se pratique en terrasses dans lesquelles le riz est planté directement dans l'eau.

L'agriculture, l'eau, l'homme

Depuis la préhistoire et pour subvenir à leurs besoins, les hommes sont passés d'un statut de chasseur-cueilleur à celui de cultivateur. À cette époque, tous participaient à la quête de nourriture pour leur famille. Aujourd'hui, quelques-uns ont pour mission d'alimenter des millions d'autres ; cela s'appelle l'agriculture. Mais la hausse de la population, les méthodes de culture et d'élevage, et les ressources nécessaires ne sont pas sans poser de problèmes.

Une démographie galopante

En 1950, la population mondiale était de 2,5 milliards d'habitants. Aujourd'hui, nous sommes presque 7 milliards et les prévisions des scientifiques annoncent un chiffre de 9 milliards en 2050. L'alimentation de la population est le secteur qui pose le plus de problèmes, actuellement et pour notre futur, car il va falloir nourrir ces hommes. Cela signifie plus de terres cultivées et plus de pâturages pour l'élevage. Déjà, aujourd'hui, 800 millions de personnes souffrent de dénutrition et un enfant sur cinq dans le monde présente un poids inférieur à la normale. Il faut envisager la fin de ce fléau et prévoir l'augmentation des ressources. Cela ne sera pas sans conséquence écologique : plus de surfaces cultivées et de pâtures signifie plus de déforestation, d'ajouts d'engrais et de pesticides, provoquant ainsi un appauvrissement des sols et une pollution inacceptable.

Alors que la consommation de viande a un impact considérable sur l'environnement, celle des végétaux est beaucoup plus respectueuse : il faut en moyenne 1 800 litres d'eau pour produire 1 kg de riz, 1 000 litres pour du vin ou du blé, 100 pour les pommes de terre et 400 pour les agrumes.

La production de lait est aussi une grande consommatrice d'eau : il faut environ 800 litres d'eau pour produire 1 litre de lait… qui contient 90 % d'eau !

Taureau charolais destiné à la reproduction. La race charolaise est une de celles qui ont le meilleur rendement de viande.

La viande en question

13 000 litres ! C'est la quantité d'eau qu'il faut pour qu'un seul kilogramme de bœuf se retrouve chez le boucher. Ce chiffre incroyable est l'addition des besoins de boire de l'animal, de l'eau qui alimente l'herbe qu'il broute, des quantités astronomiques d'eau d'irrigation pour produire son alimentation de complément, essentiellement tirée du soja et des céréales, et de l'eau de lavage des abattoirs (*voir p. 56*). Autrement dit, pour manger un hamburger de 200 g, 2 600 litres d'eau sont nécessaires. Changer ses habitudes dès maintenant et passer à une alimentation basée sur les végétaux est un bienfait pour la planète.

De l'eau, toujours plus d'eau !

L'autre conséquence directe de l'augmentation de la population et de la nécessité de la nourrir correctement est liée à l'extension des terres cultivées : prévoir l'eau nécessaire à la pousse des végétaux va impliquer des besoins d'irrigation colossaux. En moyenne, on estimait en 2000 que 40 % de cette eau était apportée par une irrigation artificielle, effectuée par des prélèvements dans des réservoirs comme les rivières, les lacs ou les nappes phréatiques, les 60 % restant venant de la pluie. Cette même année, avec une population de près de 6 milliards d'habitants, la quantité d'eau nécessaire en moyenne par personne pour l'agriculture était de 1 325 000 litres par an. Face à l'augmentation de la population, il va falloir miser sur l'extension des cultures pluviales. Car, si l'on base l'agriculture de demain sur des cultures irriguées, on devra créer des réservoirs artificiels à partir de nouveaux barrages, construire des milliers de kilomètres de canalisations dans tous les pays, et prendre le risque d'assécher de nombreux cours d'eau et nappes phréatiques.

Cette scène d'irrigation des cultures par arrosage montre clairement le besoin de prélèvement en eau pour l'agriculture.

Afin d'augmenter la production de viande par animal, les éleveurs nord-américains injectent des hormones à leur bétail. Celles-ci ont la particularité de faire grossir les muscles artificiellement.

En 2007, la France a été menacée par l'Union européenne de fortes amendes, car elle ne respectait pas les doses prescrites par l'Organisation mondiale de la santé. En effet, elle consomme presque autant de pesticides que les États-Unis pour une surface 10 fois plus petite.

Mortel soja

Parce qu'il est à la mode pour une alimentation saine et qu'il entre dans plus de 70 % de la nourriture destinée aux animaux d'élevage, le soja est massivement importé par tous les pays industrialisés ou en voie de développement. L'augmentation de sa production ces dernières années entraîne une déforestation et des prélèvements d'eau inadmissibles.

Prise d'un avion, cette image illustre parfaitement la déforestation du bassin amazonien au profit de la culture du soja. Au Brésil, l'irrigation et la sécheresse des zones déboisées entraînent une baisse de niveau, voire un assèchement, des cours d'eau.

Amies de longue date

L'eau et la forêt sont intimement liées : la forêt puise l'eau dans les sols et les rivières, et la relâche sous forme de vapeur dans l'atmosphère, induisant ainsi un cycle de l'eau régulateur du climat. Les racines des arbres retiennent les sols, et les feuillages les protègent de l'action du Soleil en maintenant le sous-bois ombragé et humide. En Amazonie, les immenses superficies offertes par la forêt, surtout sur le territoire brésilien, sont de plus en plus déboisées au profit d'espaces destinés à l'élevage et à des plantations d'agrocarburants ou encore de soja (*voir DVD, chap. 2*).

La Chine, pays d'origine du soja et grand consommateur de ce produit, en est désormais le premier importateur ! Le manque d'eau dans certaines régions du pays ne permet pas la culture de la plante et c'est du Brésil que les Chinois font venir le soja pour leur alimentation.

Entre 1995 et 2004, près de 300 cours d'eau du Cerrado au Brésil se sont définitivement asséchés, privant ainsi la forêt, les animaux et les populations locales d'un approvisionnement vital et entraînant une désertification des zones humides.

En quatorze années (en haut, 6 juin 1992 ; en bas, 28 juillet 2006), comme en témoignent ces images d'un satellite américain au-dessus du Mato Grosso (Brésil), la déforestation a atteint un niveau record. Le fleuve (au centre) reçoit désormais d'énormes quantités d'engrais et de pesticides. Les sols étant soumis au vent et au soleil, l'irrigation est devenue indispensable. Pour cela, des quantités d'eau considérables sont prélevées dans l'Amazone.

Garanti sans OGM* ?

Aujourd'hui, un des problèmes majeurs de santé publique vient du fait qu'une grande quantité du soja importé des Amériques est génétiquement modifié. Dans plusieurs pays européens, il est interdit de cultiver du soja transgénique pour l'alimentation humaine, par précaution face à d'éventuels risques encore inconnus qu'une telle culture représente. Néanmoins, nous en importons pour nourrir des animaux que nous mangeons ensuite, sans connaître à terme l'impact que cette consommation peut avoir sur notre organisme.

Le cycle de l'eau bouleversé

Avec la disparition de la forêt primaire, complexe et touffue, au profit de terrains agricoles – ou de forêts d'exploitation aux arbres bien alignés –, le cycle de l'eau est profondément modifié et les conséquences sont rapides, violentes et catastrophiques, tant pour la forêt que pour la faune, l'économie et le climat mondial : inondations par ruissellement, bouleversement du mécanisme d'évapotranspiration*, entraînant une baisse et un décalage des précipitations. Depuis quelques dizaines d'années déjà sont apparues des zones désertiques au cœur des régions tropicales humides ! La canopée des grandes forêts ayant pour particularité de réfléchir la lumière du Soleil en la renvoyant vers l'espace, la déforestation totale entraînerait une accélération brutale et massive du dérèglement climatique que nous vivons aujourd'hui, sans que l'on sache encore quelles en seraient précisément les conséquences à l'échelle planétaire.

Les ravages du soja

Le soja, une plante originaire du sud-est asiatique, a besoin de beaucoup d'eau et de chaleur pour se développer. Il est quasiment exporté dans son intégralité, puisqu'il sert de base dans l'industrie agroalimentaire et surtout de nourriture pour les bovins, ovins, porcs et volailles. Avant le soja, les éleveurs nourrissaient leurs bêtes à l'aide d'un mélange de blé et de pois, puis avec des farines faites à partir de cadavres d'animaux, moins chères à produire. L'arrivée du soja brésilien et nord-américain à un prix défiant toute concurrence a entraîné un bouleversement complet de l'alimentation dans l'élevage.

Cette photographie de champs de soja paraît bien banale. Pourtant, à la place de ces cultures, il y avait la forêt amazonienne. Cette surface a ainsi perdu l'intégralité de sa biodiversité animale et végétale.

L'impact écologique de l'élevage d'animaux nourris au soja importé est colossal : en plus de la consommation d'eau propre à chaque animal, il faut ajouter l'irrigation pour la culture du soja, la déforestation et l'épandage de pesticides et d'engrais qui polluent les rivières et les nappes phréatiques.

L'agriculture extensive dans le bassin amazonien n'a pas que des conséquences environnementales. L'emploi des fermiers est menacé, car il ne faut que 2 personnes pour entretenir 100 hectares de soja. Souvent très mal payés, ces agriculteurs sont considérés comme des esclaves : ils seraient plus de 25 000 au Brésil !

Une agriculture qui respecte l'eau

Une agriculture respectueuse de l'eau, et de l'environnement en général, doit s'adapter aux conditions des lieux de cultures, respecter l'animal, l'homme, son travail et fournir des produits de qualité. De nombreux agriculteurs dans le monde pratiquent aujourd'hui une agriculture raisonnée, plutôt qu'intensive et destructrice.

Comme pour ces vignes en Californie (États-Unis), l'irrigation au goutte à goutte permet de cibler directement les racines sans perdre d'eau.

Les cultures vivrières sont vitales pour de nombreuses populations et leur arrosage, en l'absence de système d'irrigation perfectionné, se fait bien souvent à la main, comme ici par un agriculteur au Burkina Faso.

De nouvelles méthodes d'irrigation

À la différence de l'irrigation par aspersion, l'irrigation au goutte à goutte et l'irrigation souterraine sont deux techniques qui réduisent fortement la consommation d'eau. Elles consistent à envoyer de petites quantités d'eau, fréquemment et au plus près des racines de la plante. Pour la première, les gouttes tombent sur le sol alors que, pour la seconde, les tuyaux sont enterrés. Ces méthodes évitent également l'arrosage des feuilles et permettent, lorsque les cultures s'y prêtent, d'utiliser une eau saumâtre (eau douce mélangée à de l'eau de mer). Un agriculteur peut ainsi économiser entre 30 et 60 % d'eau par rapport à une irrigation par aspersion.

Des plantes plus productives

Depuis quelques décennies, les recherches en agronomie ont permis d'améliorer la productivité en eau, c'est-à-dire de diminuer les besoins d'irrigation des plantes pour une même quantité récoltée. La productivité du riz a plus que doublé entre 1961 et 2001 (source Organisation des Nations Unies pour l'Alimentation et l'Agriculture), et celle du blé s'est améliorée de 160 %. Ce gain est un atout pour la consommation domestique et laisse plus de réserves d'eau pour les cultures vivrières. À l'inverse des cultures céréalières, celles-ci servent, par définition, à une consommation immédiate et locale.

Un des inconvénients majeurs de l'irrigation enterrée ou au goutte à goutte est le coût élevé de l'installation, qui doit souvent être subventionné par les institutions régionales d'aide au développement.

Afin de maintenir les sols et leur humidité, on peut laisser pousser les "mauvaises herbes", dont les racines vont empêcher le ruissellement et maintenir l'eau dans le sol. De plus, ces plantes abritent une microfaune qui contribue à enrichir la terre.

Quel avenir pour l'agriculture ?

En maintenant une agriculture intensive, comme les pays développés et ceux en voie de développement la pratiquent aujourd'hui, il n'y aura pas assez de terres cultivables dans le monde pour nourrir toute la population, ou bien au prix d'une déforestation si considérable que les grandes forêts seront quasiment rasées, les nappes phréatiques et les cours d'eau de nombreuses régions asséchés. De plus, pour vaincre la pauvreté des sols et la faiblesse des plantes, l'épandage d'engrais et de pesticides sera tel que l'on est en droit de craindre une pollution massive et durable des nappes et des rivières restantes. Aujourd'hui, la prise de conscience est suffisamment importante pour que l'on puisse espérer que les comportements vont changer. Une grande responsabilité revient au consommateur final qui a le pouvoir de refuser les produits issus d'une culture non respectueuse, et de limiter sa consommation de viande, diminuant ainsi la déforestation, l'utilisation abusive d'eau, d'engrais et de pesticides.

LE RETOUR DU BOCAGE

Le bocage est une ancienne méthode qui consiste à délimiter les champs ou les pâturages par des haies composées d'arbres, de plantes et d'arbustes. Ces haies protègent les sols de l'érosion par le ruissellement en retenant l'eau et la terre avec leurs racines, et freinent l'action du vent. Elles sont aussi de petits écosystèmes très utiles, car elles offrent des abris pour les animaux, comme les oiseaux ou les petits mammifères.*

À Madère, les fortes pluies qui abreuvent le versant nord de l'île sont récupérées et dirigées à l'aide d'astucieux canaux et escaliers vers le versant sud, où les précipitations sont bien moins importantes.

Le concept d'agriculture naturelle a été mis au point par Masanobu Fukuoka, un agriculteur japonais mort en 2008. Le principe repose sur l'absence totale de labourage, de fertilisants, de sarclage et de pesticides. Les graines à semer sont d'abord roulées dans des boulettes d'argile qui les protègent des oiseaux.

L'enherbement est une technique utilisée par de nombreux viticulteurs et qui consiste à laisser pousser l'herbe entre les rangs de vigne. Cela permet une économie d'eau et un meilleur maintien des sols. En hiver, l'herbe crée également un rempart thermique de protection des racines.

L'eau dans l'industrie

L'industrie mondiale utilise l'eau dans trois applications principales : le refroidissement, le nettoyage ou les mélanges. Inférieure à celle de l'agriculture, sa consommation n'en reste pas moins délicate, car il faut souvent restituer en milieu naturel des eaux gravement polluées, voire contaminées.

Dans cette usine des Canaries, les bananes récoltées sont nettoyées à l'eau claire avant leur mise en vente.

L'eau dans le nettoyage

Toutes les entreprises ont besoin d'eau pour laver les machines, les sols ou les ustensiles, mais dans des proportions variées et avec des conséquences très différentes selon leur activité. Si certaines usines rejettent une eau peu polluée vers les stations d'épuration, d'autres, comme dans l'industrie chimique ou les abattoirs, prélèvent de très grandes quantités d'eau. Dans les abattoirs, l'eau doit être absolument décontaminée avant d'être rejetée, car le sang, les abats, les détritus de carcasses et les déjections des animaux avant leur abattage développent très rapidement d'importantes quantités de bactéries. Cette consommation est l'une des raisons pour lesquelles il faut autant d'eau pour produire de la viande (*voir p. 51*).

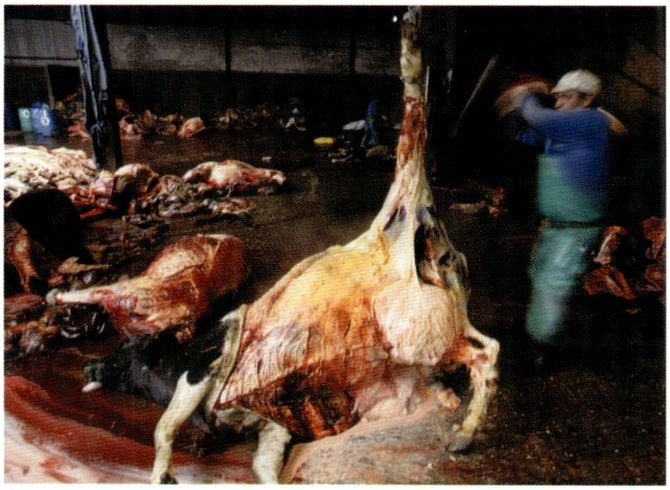

Chaque jour, des quantités astronomiques d'eau et de détergents sont utilisées pour nettoyer les déchets contaminants issus de l'abattage.

On mange de l'eau !

Comme c'est souvent le cas dans l'industrie agro-alimentaire, l'eau est directement incorporée au produit final. On prélève de l'eau de consommation qui va servir à préparer de manière industrielle des plats cuisinés ou des conserves, qui permettent d'avoir certains produits toute l'année. C'est le cas par exemple des légumes que l'on trouve en boîte ou en bocaux. Lorsque l'on ouvre une boîte de conserve, on constate que les aliments baignent dans un jus de cuisson essentiellement composé d'eau. Dans ce type de production, l'eau prélevée est presque intégralement consommée.

Afin de limiter les coûts de nettoyage et de décontamination des eaux polluées imposés par les gouvernements des pays riches, certains industriels n'hésitent pas à délocaliser leur entreprise dans des pays en voie de développement où la réglementation est moins stricte.

L'industrie papetière, qui incorpore de très grandes quantités d'eau pour la fabrication du papier et du carton, avait pour habitude de rejeter ses eaux sales, chargées entre autres de chlore et de cellulose, dans le lit des rivières. Aujourd'hui elle doit répondre à des normes environnementales de plus en plus contraignantes.

Les tours de refroidissement des centrales nucléaires, comme celles des centrales à charbon, rejettent de grandes quantités de vapeur d'eau dans l'atmosphère, comme ici à la centrale nucléaire de Belleville sur la Loire.

Un peu de fraîcheur...

De par ses propriétés thermiques, l'eau est très largement utilisée dans l'industrie comme technique de refroidissement. C'est le cas, entre autres, des centrales nucléaires. Sans refroidissement, on assisterait à une fusion du cœur du réacteur. Sauf dans le cas particulier d'accidents – comme celui de la centrale de Tricastin (France) en juillet 2008, où 74 kg d'uranium mélangés à de l'eau ont été relâchés en rivière –, les eaux destinées au refroidissement sont propres et directement réintroduites dans le milieu naturel après avoir été refroidies à la même température que l'eau de la rivière. Sans quoi les écosystèmes* se trouveraient extrêmement perturbés, voire détruits...

Des progrès restent à faire

Les industriels font généralement très attention à la qualité des eaux qu'ils rejettent, notamment dans les pays développés où la loi impose des normes strictes de nettoyage des eaux usées. Certains les retraitent une première fois avant de les envoyer dans des stations d'épuration. Cependant, certaines activités restent extrêmement polluantes ou consommatrices d'eau. Ainsi en est-il de l'extraction de pétrole en Alberta, une province du Canada, à partir des sables bitumeux – un mélange de sable et de bitume (un pétrole très visqueux) – que l'on trouve en quantités énormes : pour séparer l'un de l'autre, on utilise de la vapeur d'eau, qui en chauffant le bitume, le rend plus liquide et permet son pompage. Les eaux usées, chargées d'extrait de pétrole, sont directement rejetées dans le milieu naturel. Outre cette pollution, la consommation d'eau, l'énergie nécessaire à son chauffage et la déforestation ont un impact considérable sur la forêt boréale canadienne.

La pollution n'est pas une fatalité ! Ces deux images illustrent des comportements différents de l'industrie papetière : à gauche, une usine anglaise rejette directement dans la rivière ses eaux chargées de cellulose ; l'image de droite montre une station d'épuration installée dans une usine au Canada.

Que ce soit pour nettoyer, mélanger ou refroidir, l'eau est présente dans toute production industrielle et doit entrer en considération dans le coût final. Cela permet par exemple de déterminer qu'il faut 500 litres d'eau pour faire 1 kg de papier, près de 30 litres pour 1 kg de certains savons, ou encore de 300 à 600 litres pour 1 kg d'acier.

Pour les écologistes et de nombreux scientifiques, l'humanité ne pourra pas continuer à consommer de la viande comme elle le fait maintenant. L'impact de l'élevage sur l'environnement est trop important pour que la planète puisse le supporter.

L'eau, source d'énergie

L'énergie hydroélectrique est celle fournie par la force de l'eau le long des rivières, dans des barrages de retenue, ou encore par les marées ou la houle de l'Océan. Énergie renouvelable, elle représente aujourd'hui près de 16 % de toute l'énergie électrique produite dans le monde.

Utiliser le poids de l'eau

On parle d'énergie créée par l'eau quand celle-ci est en mouvement, de manière naturelle ou artificielle. L'exemple le plus représentatif est celui des barrages construits au fil des rivières. L'édifice retient l'eau sous la forme d'un lac. Quand on a besoin de produire de l'électricité, on ouvre des vannes et l'eau tombe de plusieurs dizaines de mètres. Elle entraîne par son mouvement d'immense turbines qui, un peu comme le fait une dynamo de vélo, génèrent du courant qui est injecté dans le réseau électrique. L'électricité ne pouvant pas être stockée, les lâchers d'eau n'ont lieu que lorsque la demande se fait sentir.

L'énergie des océans

Les mouvements naturels de l'océan que sont la houle (les vagues), les courants et les marées produisent une énergie bien supérieure à celle des besoins de l'humanité. Des projets expérimentaux sont en cours dans de nombreux pays pour exploiter au mieux cette énergie, comme le *Pelamis* (projet écossais), qui utilise la force des vagues pour produire de l'électricité. En France, l'usine marémotrice de La Rance (Bretagne), inaugurée en 1966, est la plus ancienne à créer de l'électricité à partir de la force des marées. Ailleurs, en Norvège, on commence à tester le futur parc hydrolien développé par la société Hammerfest Strøm. Une hydrolienne se présente comme une éolienne, mais elle est installée sous la mer et utilise la force des courants et des marées à la place de celle du vent. Tous ces projets sont très prometteurs, mais leur application est très longue car les conditions d'installation dans l'océan sont très délicates : profondeur et nature du sol, conditions climatiques, érosion par le sable et le sel, difficultés d'intervention selon les saisons... On peut néanmoins penser que, dans un futur relativement proche, tout ou partie de notre électricité proviendra de l'eau... et de ses caprices !

On remarque ici la taille impressionnante d'un élément d'une turbine lors de la construction du barrage des Trois Gorges, en Chine.

Tous les pays n'utilisent pas la même part d'énergie hydroélectrique dans leur production énergétique globale. Ainsi, elle atteint 30 % au Brésil ou au Pérou, alors qu'elle est de l'ordre de 70 % en Norvège. En France, elle est la deuxième source d'énergie après le nucléaire, la part de ce dernier étant de 78 %.

Le barrage des Trois Gorges, situé dans la province de Hubei (Chine), est aujourd'hui le plus grand barrage hydroélectrique du monde. Sa largeur est de 2 335 m pour une hauteur de 101 m, soit l'équivalent d'un immeuble de 30 étages environ.

Cette photographie montre la force impressionnante de l'eau lors de l'ouverture de treize vannes du barrage des Trois Gorges. Ce lâcher d'eau a pour objectif de faire diminuer une crue en amont.

Le seul projet hydrolien français vient de la société Hydrohelix (Quimper), qui a développé la Sabella D03, une hydrolienne dont l'hélice mesurera 10 m de diamètre. Actuellement, un prototype doté d'une hélice de 3 m de diamètre est en cours de test à l'embouchure de la rivière Odet, en Bretagne.

Outre les noyades des écosystèmes en amont lors de la mise en eau des barrages, les lâchers d'eau en été peuvent provoquer des chocs thermiques sur les animaux et la végétation en aval, une partie de l'eau stockée étant celle "d'hiver", donc très froide.

Les principales sources de pollution

D'un point de vue législatif, on estime qu'il y a une pollution lorsqu'une certaine quantité de polluants est répandue dans la nature (dans l'air, sur la terre ou dans l'eau) et que cette quantité dépasse les normes admises. Néanmoins, pour le public, aucune norme n'existe et tout apport de polluant dans le milieu naturel représente une menace, pour l'homme, l'environnement… ou les deux !

Bien que différentes, ces deux canalisations créent une pollution de type organique très sérieuse. L'image ci-dessus est la sortie des égouts de la ville de Rawson en Patagonie (Argentine), elle rejette les eaux usées domestiques dans un étang accessible à tous et hébergeant une avifaune importante : matières fécales, détergents, eaux usées et de ruissellement. Celle ci-contre, prise en haut d'une falaise en Nouvelle-Zélande, envoie directement dans l'océan les déchets d'une entreprise de chimie. Les composés chimiques, comme le mercure ou le DDT, ne se dégradent pas, circulent dans le monde entier portés par les vents et les courants, et se retrouvent dans tous les êtres vivants.

Les marées noires, quelle que soit leur importance, sont toujours un fléau pour l'environnement. Le 16 mars 2008, 400 litres de fioul lourd toxique se sont répandus dans l'estuaire de la Loire, infligeant à ce magnifique espace naturel une pollution de l'eau, des berges et des roselières, lieux de vie et de reproduction de nombreux animaux. Ces dernières ne peuvent pas être nettoyées autrement qu'à la main.

Le lisier, mélange de déjections animales et d'eau, sert d'engrais naturel. En cas de pluies abondantes, il est très polluant car les végétaux et le sol n'ont pas le temps d'absorber les nitrates. Il est alors lessivé et part dans les rivières et la nappe phréatique. Les éleveurs ont l'obligation de le stocker pendant la mauvaise saison.

Les guerres s'accompagnent souvent de drames écologiques auxquels s'ajoutent d'autres types de pollutions, comme les mines antipersonnel abandonnées après le conflit et qui tuent ou mutilent une personne toutes les 90 minutes.

Des milliers de poissons d'une ferme piscicole ont été tués par une pollution chimique déversée en amont, sur le fleuve Tuo, un affluent du Yangtse. Catastrophe économique pour les fermiers, écologique pour la nature, ces cadavres, s'ils ne sont par retirés de la rivière, formeront à leur tour une pollution supplémentaire, dangereuse pour les écosystèmes* en aval.

Une centrale thermique au charbon, comme ici à Ferrybridge (Royaume-Uni), ressemble à s'y méprendre à une centrale nucléaire, avec ses immenses tours de refroidissement. Son fonctionnement entraîne une double pollution : thermique par le rejet en rivière des eaux chaudes, et chimique par l'envoi dans l'atmosphère de quantités importantes de dioxyde de carbone et de particules. Ces émissions contribuent au réchauffement climatique et à la création de pluies acides qui détruisent la végétation au sol.

Ajoutées à l'horreur humaine qu'elles représentent, les guerres sont à l'origine de nombreuses catastrophes écologiques, dont des pollutions extrêmes, comme la guerre du Golfe en 1991. La destruction et l'incendie de 732 puits ont fait s'écouler plus de 100 000 tonnes de pétrole dans le golfe Persique, l'équivalent de 2,7 fois la catastrophe provoquée par le naufrage du pétrolier *Erika* en France en 1999.

La triple origine

Les mot qualifiant les pollutions sont nombreux, mais celles-ci ont trois origines essentielles et toutes un point commun : tôt ou tard, elles se retrouvent dans l'eau, contaminent tout sur leur passage et finissent à la mer.

- La **pollution thermique** provient d'une élévation anormale de la température de l'eau, notamment lors du rejet d'une eau dont le degré est différent de celui du milieu naturel. C'est le cas lorsqu'une centrale rejette son eau de refroidissement, ou quand un barrage hydroélectrique "turbine" en hiver une eau accumulée en été, créant ainsi un choc thermique sur les écosystèmes en aval. Cette pollution invisible n'en a pas moins un impact immédiat sur le milieu : déplacement d'espèces, mort d'animaux, destruction de biotopes, ou asphyxie de l'eau par la prolifération des algues.
- La **pollution organique** vient du déversement dans les sols, les cours d'eau ou l'Océan, de produits chimiques – issus de l'agriculture ou de l'industrie –, des eaux usées des villes, de déchets d'animaux... La caractéristique de ce type de pollution est de continuer à circuler dans les êtres vivants, qui finissent par la consommer. Particulièrement sévère, cette pollution entraîne la contamination des nappes phréatiques, des cours d'eau ou des côtes, et voyage à travers le monde.
- La dernière cause de pollution provient du **ruissellement des sols**. Lors de fortes pluies, les substances polluantes (traces d'hydrocarbures, pesticides, bactéries...) qui se sont déposées sur les routes, les parkings ou les toits, se retrouvent mélangées à de grandes quantités d'eau et rejoignent les nappes phréatiques, les rivières et l'océan. Elles forment ainsi un apport important de polluants et finissent par se déposer en couches successives, ou sont absorbées par les êtres vivants.

La création de jardins sur les toits des immeubles permet d'améliorer le cycle de l'eau. Les végétaux plantés sur les toitures retiennent une grande partie des précipitations et limitent ainsi le ruissellement, très élevé dans les villes, puisque les surfaces "lisses" des immeubles et des routes empêchent l'infiltration.

Le Roundup est un herbicide total, largement utilisé par le public comme désherbant de jardin. Il est extrêmement toxique pour l'organisme et ses millions d'utilisateurs entraînent une accumulation de produits chimiques dans le sol.

Un drame écologique et humanitaire

La conséquence ultime d'une pollution est la détérioration des écosystèmes* par la contamination, les maladies, et éventuellement la mort de leurs habitants. Autrefois isolées, les pollutions sont devenues un enjeu mondial dont rien ni personne ne sort indemne.

La menace vient de partout

Une pollution ponctuelle, souvent d'origine accidentelle peut, selon sa gravité (étendue, type de polluant, zone de biodiversité...), être neutralisée dans un temps donné. Les conséquences sont catastrophiques pour l'environnement et les animaux, mais on sait que le temps jouera en faveur d'un assainissement. En revanche, les pollutions répétitives, comme l'envoi d'eaux usées domestiques ou de rejets industriels dans les cours d'eau, ou encore l'entassement d'ordures dans les décharges, entraînent une accumulation de produits toxiques dans les sols, le lit des rivières, les lacs et les nappes phréatiques, ainsi qu'une contamination bactérienne de l'eau, comme les streptocoques ou la salmonelle, mortels pour les populations démunies de soins médicaux (voir p. 72-73).

Deux histoires de pollution, aussi dramatiques l'une que l'autre. Un oiseau de mer englué dans du mazout tente de sortir de l'eau, alors qu'un pélican attrape un bouchon de plastique, dont l'ingestion sera sans doute mortelle.

MÉDICAMENTS TUEURS...

Un nouveau type de pollution a été observé depuis une trentaine d'années : la pollution médicamenteuse. Nos déjections, mais aussi les rejets des industries chimiques et pharmaceutiques, contiennent de nombreuses molécules qui ne sont pas éliminées et qui s'avèrent très dangereuses pour l'environnement : contraceptifs, anti douleurs ou anti dépresseurs ont des effets désastreux sur la faune et s'attaquent au système nerveux ou reproductif des animaux, comme cela a déjà été constaté à maintes reprises.*

En Chine, pour l'année 2004, la pollution de l'eau serait à l'origine de 118 000 morts par cancer. Elle a également contribué dans une large mesure à la disparition du dauphin du Yang Tsé.

Les mammifères marins (dauphins, baleines, phoques...) ont une épaisse couche de graisse qui les protège du froid en hiver. Celle-ci accumule les produits toxiques, comme le mercure, et sert d'indicateur aux scientifiques pour mesurer l'étendue de la pollution.

Cet enfant de Phnom Penh (Cambodge) est atteint du syndrome de Kwashiorkor, dû à la malnutrition et à l'insalubrité. Avec l'évolution de la maladie, le ventre se gonfle et les cheveux deviennent blancs.

Rien n'est à l'abri...

L'eau à l'état liquide est un solvant puissant et un moyen de diffusion efficace : elle ruisselle, s'infiltre et se mélange à tout ce qu'elle rencontre. Aucun être vivant n'est donc à l'abri des pollutions. Car, même si l'on n'est pas en contact direct avec celles-ci, la chaîne alimentaire fait le reste : tout végétal contaminé et ingéré par un animal, à son tour consommé par un autre – comme l'homme –, apporte à l'organisme les polluants qu'il contient. Aucun maillon de la chaîne n'est alors épargné.

La mort mondialisée

Les pollutions dans des pays éloignés – qu'ils soient pauvres ou industrialisés –, peuvent nous laisser croire que nous ne sommes pas concernés, que les polluants ou les bactéries ont le temps de se dissoudre avant de nous atteindre. C'est faux ! La pollution de l'eau par la dioxine dans une décharge publique en Inde, les effluves des gigantesques abattoirs américains, ou le mercure rejeté dans les fleuves par les chercheurs d'or en Amazonie, finissent toujours par nous toucher : la circulation des vents, la descente des eaux continentales, les courants océaniques et la chaîne alimentaire font que chaque être vivant est atteint. Si la distance entraîne une baisse de l'impact immédiat de la pollution, son accumulation, dans les sols et les tissus, est dramatique.

Menace sur l'eau

La contamination des eaux douces est un fléau de plus en plus fréquent et lourd à assumer par les populations touchées. Les coûts d'assainissement sont souvent trop élevés, notamment en milieu rural où les concentrations humaines sont peu importantes. Lorsque l'eau n'est plus disponible et qu'il devient impossible de boire, de se laver et d'entretenir une agriculture locale, cela entraîne des maladies et la famine. Lorsqu'on y ajoute un état de pauvreté extrême et l'impossibilité d'accéder aux soins, on comprend que des millions de personnes à travers le monde meurent chaque année de l'absence d'eau salubre.

Dans une décharge publique de Bombay (Inde), l'eau s'accumule après avoir lessivé les ordures, et se charge de dioxine et de métaux lourds.

Une équipe de scientifiques italiens a démontré que, dans les zones touristiques très fréquentées (Égypte, Thaïlande, Indonésie), la présence d'écran solaire dans l'eau menace les récifs coralliens, notamment des particules chimiques qui filtrent les ultraviolets.

À cause des déversements libres des eaux usées et des rejets industriels, l'eau de la baie de Hann au Sénégal contient une concentration de streptocoques fécaux (bactéries présentes dans les excréments humains), 17 fois supérieure à la limite autorisée par l'Organisation mondiale de la santé. La baignade y est interdite.

Comment nettoyer l'eau ?

Les eaux usées arrivent de partout : maisons, villes, usines, ruissellement... et la nécessité d'avoir une eau propre à la consommation pour une population en augmentation croissante se fait sentir plus que jamais. Biologique ou chimique, les méthodes d'épuration de l'eau sont nombreuses et les progrès encore possibles.

STEP by STEP !

Une STEP (STation d'ÉPuration) est une usine spécifique où arrivent les eaux usées et dont le rôle est de les purifier. L'eau suit toujours le même parcours dans son traitement, avec néanmoins quelques variantes selon que l'on utilise un processus biologique ou physico-chimique :

L'eau subit d'abord un pré traitement, le dégrillage, qui vise à retirer les sables et les déchets de grande taille (papier, plastique...), susceptibles d'abîmer le matériel de la station. En injectant de fines bulles d'air dans l'eau, on force les huiles à flotter, ce qui permet de les récupérer par raclage. Elle passe ensuite dans une cuve de décantation (comme dans cette station d'épuration à l'Île de Ré), ce qui permet de récupérer les boues primaires par pompage de fond.

L'étape suivante est le traitement biologique au cours duquel des bactéries, mélangées à l'eau, assimilent la pollution organique. On ajoute d'abord du dioxygène pour éliminer les pollutions carbonées, puis on le retire pour éliminer les nitrates. Un clarificateur permet de séparer les boues (qui sont les bactéries) de l'eau. On qualifie ce traitement de "biologique", car on fait appel à des micro-organismes vivants pour digérer les pollutions.

À ce stade, l'eau paraît claire et propre ; pourtant, elle n'a pas été débarrassée de certains polluants. Lorsque ceux-ci ne sont pas dangereux, l'eau peut être utilisée dans un circuit d'irrigation pour l'agriculture. Cependant, si le milieu dans lequel l'eau doit être introduite est fragile, on applique un dernier traitement dit "tertiaire". Si elle est peu polluée, on l'envoie dans des bassins végétalisés (comme ces roseaux, *photo ci-dessus*), qui finissent de la nettoyer des dernières traces d'huiles et des germes infectieux. S'il s'agit d'une eau d'origine industrielle, ou si la présence de métaux ou de polluants chimiques est importante, on fait appel à un traitement physico-chimique. Les techniques sont multiples et liées à la nature même des polluants : ajout d'agents de désinfection, acidification de l'eau pour neutraliser les métaux, filtrations multiples...

Une station d'épuration classique, prévue pour 2 500 personnes, génère 200 tonnes de boues résiduelles par an, qu'il faut incinérer ou recycler comme engrais.

Selon l'Organisation des Nations unies pour l'Alimentation et l'Agriculture (FAO), plusieurs expérimentations d'utilisation de vers de terre dans le compost ont lieu dans le monde (Inde, Cuba, Philippines). Largement utilisé en France, le lubricompostage permet un accroissement considérable de la productivité agricole.

Des boues là-dedans !

Les boues résiduelles des stations d'épuration représentent de grandes quantités qu'il faut éliminer. Une des solutions consiste à les utiliser dans l'agriculture, comme fertilisant. Mais les agriculteurs sont peu enclins à s'en servir, par peur qu'elles ne contiennent des polluants nocifs. Pendant longtemps, une autre voie a consisté à les mettre dans les décharges, mais celles-ci sont de plus en plus interdites. L'ultime solution, et la plus répandue, est la co-incinération avec les ordures ménagères.

Les boues résiduelles restent dans un bassin de séchage, en attendant d'être incinérées ou revalorisées dans l'agriculture.

Vous prendrez bien un ver ?

• Depuis 2004, une nouvelle technologie, entièrement écologique, a vu le jour après une dizaine d'années d'expérimentation : **la lombrifiltration**. Elle consiste à utiliser les vers de terre (des lombrics) pour digérer les pollutions organiques présentes dans l'eau. L'idée est née de l'observation du comportement et de la fonction des vers dans les sols. Ils y jouent un rôle écologique primordial qui se résume en deux mots : fertilisation et aération. Un seul lombric est capable d'avaler et de digérer entre la moitié et la totalité de son poids par jour, et ses déjections sont d'excellents nutriments pour le sol et les végétaux ! Quand on sait qu'un seul mètre carré de terre abrite naturellement 200 à 250 vers, la capacité de recyclage est gigantesque.

• 3 500 espèces de lombriciens ont été recensées sur Terre, dont 150 en France. Elles se partagent en deux grandes catégories : les **digesteurs** et les **laboureurs**. Les premiers sont de véritables machines à recycler la matière organique : vivant plus près de la surface, ils se nourrissent des débris végétaux (feuilles mortes, fumier) ; on les utilise dans le lombricompostage. Les seconds, les laboureurs, se nourrissent en creusant de profondes galeries. Ils aèrent le sol et permettent aux bactéries de circuler facilement et à l'eau de s'infiltrer, limitant ainsi le ruissellement et l'érosion.

• Deux stations dans le monde utilisent aujourd'hui cette technologie : à Combaillaux, près de Montpellier (*photo ci-dessous*) et dans une petite commune du Chili. En plus d'être écologique, l'utilisation des vers de terre évite totalement les boues résiduelles, rend une eau presque potable en un quart d'heure et occupe bien moins de terrain qu'une STEP classique. Les vers sont en plus d'excellents indicateurs de toxicité de l'eau : si une eau polluée par des métaux lourds est injectée dans la station, les vers meurent, révélant ainsi une pollution majeure.

La station d'épuration de Seine-Aval est la deuxième plus grande STEP du monde, après celle de Chicago, et la plus grande d'Europe. Elle occupe un terrain de 800 hectares et traite quotidiennement les eaux usées de 6 millions de Franciliens.

Le programme "Porcherie Verte" a permis la création d'une station d'épuration expérimentale en Bretagne, à Guernevez, basée sur la lombrifiltration. Les vers de terre arrivent à traiter l'ensemble des déjections (lisier, fumier et eaux usées) d'un élevage de porcs.

Une géographie inégale

Alors que la quantité d'eau minimum pour une utilisation domestique (boisson, hygiène, jardinage, préparation des repas) est de 50 litres par jour et par personne, les chiffres indiquent qu'en moyenne un Africain utilise 10 à 40 litres, tandis que pour les Japonais, les Européens et les Américains, la consommation va de 250 à 600 litres.

De la chance ? Beaucoup...

L'eau n'est pas rare sur la Terre, et les être vivants, dont nous faisons partie, ont besoin d'une eau douce et propre. Or, la répartition de l'eau douce n'est pas la même pour tous et les moyens mis en œuvre pour rendre l'eau potable sont d'un coût trop élevé pour de nombreux pays. Cet accès à l'eau dans le monde se calcule par sa présence naturelle liée à la géographie (pluviométrie, rivières, nappes phréatiques, lacs, glaciers...), et par la capacité des régions à délivrer une eau de bonne qualité (stations d'épuration, circuit de distribution...). On peut donc dénombrer trois grands types qui suivent ce modèle. Le premier rassemble les régions où les ressources hydriques sont abondantes et qui distribuent de l'eau propre à la majorité de la population. Ces zones se situent essentiellement dans l'hémisphère Nord et rassemblent des pays riches comme les États-Unis et la majeure partie de l'Europe (dont la France).

L'ensemble des activités humaines a créé la nécessité de traiter l'eau avant de pouvoir la consommer (agriculture, boisson, lavage). Les rejets industriels, domestiques et agricoles sont à la source des grandes pénuries d'eau observées dans le monde.

« Il est interdit d'attaquer, de détruire, d'enlever ou de mettre hors d'usage des biens indispensables à la survie de la population civile, tels que [...] les installations et réserves d'eau potable et les ouvrages d'irrigation. »
Protocole additionnel de 1977 à la Convention de Genève, Article 54

... très peu

Viennent ensuite les régions qui ont de l'eau en suffisance, voire en abondance, mais dont le réseau de distribution est quasiment inexistant. On trouve certains de ces pays en zone intertropicale où les pluies sont élevées, et alimentent ainsi de nombreux réservoirs naturels. Cependant, l'eau n'étant pas distribuée directement dans les foyers, les habitants doivent se la procurer eux-mêmes dans ces réservoirs. Non traitée, parfois stagnante, cette eau véhicule bactéries, boues, déchets de végétaux et d'animaux. Comme elle est impropre à la consommation humaine, les hommes doivent mettre en œuvre des techniques d'assainissement (comme l'ébullition), ce qui n'est pas toujours fait, ni possible à faire. Ces régions sont généralement le berceau de nombreuses pathologies comme la dysenterie, le paludisme ou la fièvre typhoïde (*voir p. 72-73*).

... pas du tout

La dernière grande catégorie concerne les zones où l'eau est naturellement peu présente, voire absente. C'est le cas des régions d'Afrique saharienne et sub-saharienne, où les conditions géographiques et climatiques sont extrêmement difficiles : pluviométrie très basse qui n'approvisionne pas suffisamment les rares réservoirs, sécheresses de longue durée, isolement des populations rurales, réseau de nettoyage et de distribution inexistant. Les problèmes de santé liés à une eau insalubre sont également très présents dans ces pays. Cette classification sommaire de la disponibilité en eau des régions n'est pas exhaustive, et de nombreuses variantes sont observées, notamment dans les pays en voie de développement qui ont commencé récemment à mettre en place un réseau de distribution.

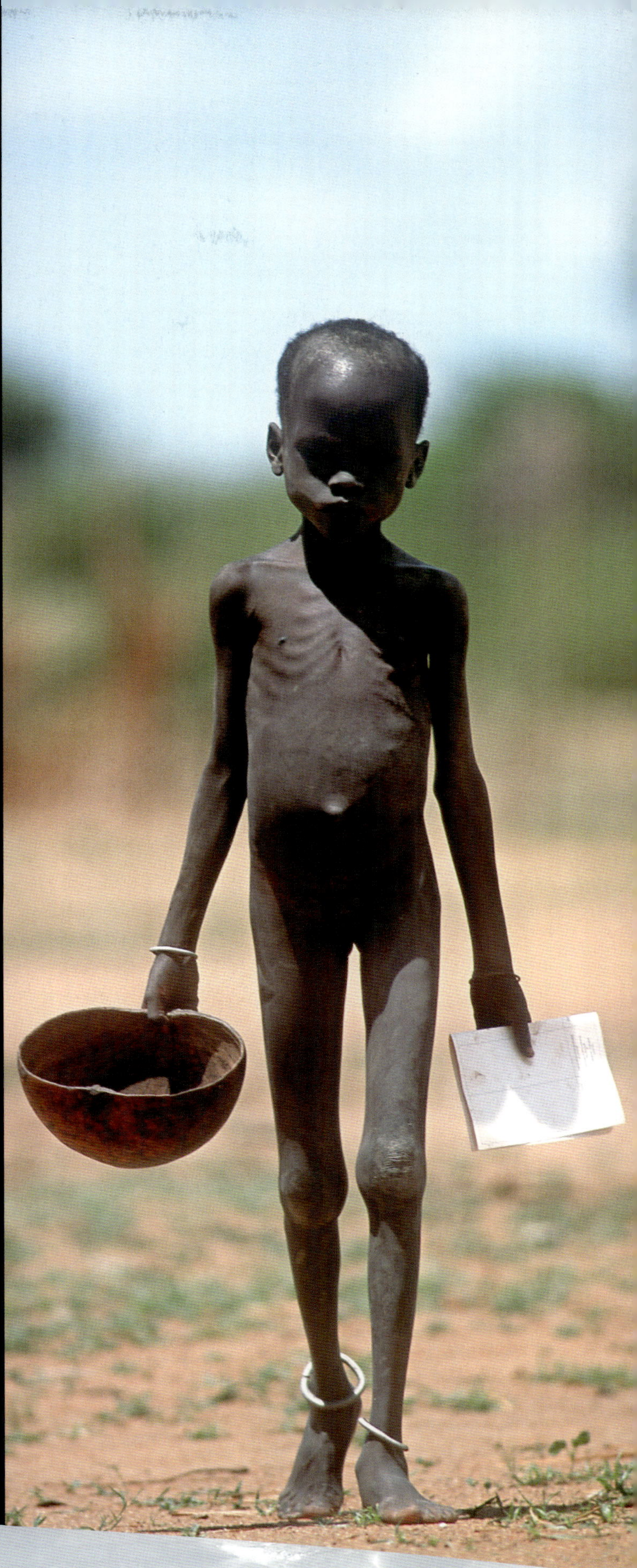

Les scientifiques se servent d'un index de montant d'eau disponible par habitant pour chaque pays. On s'aperçoit ainsi que, pour une année, l'Islande dispose de 666 000 m³ par personne alors que Djibouti, en Afrique de l'Est, ne dispose que de 19 m³ par personne.

Certains chiffres évoquent parfaitement le problème de la disponibilité et de la répartition de l'eau dans le monde : tirer une fois la chasse des toilettes consomme plus d'eau que n'en a un habitant d'Haïti ou du Soudan pour boire et se laver dans une seule journée.

Les guerres de l'eau

Aujourd'hui, 1,5 milliard d'hommes, de femmes et d'enfants n'ont pas accès à l'eau potable, et 1,1 milliard ne sont pas raccordés à un réseau de distribution, même sommaire...

Dans un camp de réfugiés du Sahara, un enfant boit de l'eau à même un récipient sale.

L'explosion de la demande

À une répartition inégale des ressources en eau de la planète s'ajoute un problème que de plus en plus de chercheurs prennent en considération, celui de la croissance démographique. Il a fallu environ 200 000 ans, depuis les premiers Homo sapiens jusqu'à environ 1800 pour atteindre le premier milliard d'êtres humains sur Terre. 130 ans plus tard, vers 1930, ce chiffre avait doublé ; puis en 1975, les 4 milliards étaient atteints. Aujourd'hui, la planète compte 6,8 milliards d'habitants, et on estime que la population sera de 9 milliards en 2050. On comprend alors la difficulté d'approvisionner en eau propre une humanité qui connaît une telle croissance. S'ajoute à cela que les mégalopoles urbaines accueillent de plus en plus d'hommes et représentent la part la plus importante de la consommation domestique, au détriment des habitants des campagnes.

Menaces à l'horizon

L'avenir de la disponibilité de l'eau est très incertain et deux dangers se profilent : le premier concerne l'augmentation des besoins pour l'agriculture irriguée. Sous les climats chauds, l'irrigation atteint 80 % de la consommation totale d'eau.

En Éthiopie, cette file de femmes attend de pouvoir prendre de l'eau au puits du village.

Depuis 1993, le 22 mars de chaque année est devenu, à l'initiative de l'UNESCO, « Journée mondiale de l'eau », afin de sensibiliser les gouvernements et le public aux problèmes de l'eau et à leurs conséquences.

Selon l'UNICEF, plus de 50 % des écoles dans le monde n'ont pas d'approvisionnement en eau et sont encore plus nombreuses – près des deux tiers – à être privées d'assainissement. Au Kosovo, ce sont 60 % des écoles qui sont concernées.

De plus, l'explosion de la population augmente les besoins alimentaires, ce qui risque d'accroître les famines dans les pays pauvres, de ralentir la croissance des pays en voie de développement, et d'entraîner de nombreux problèmes écologiques avec l'assèchement de grands réservoirs hydriques. L'autre menace concerne l'approvisionnement, en particulier pour les besoins domestiques. Les grands industriels du traitement et de la distribution d'eau, et ceux de l'industrie chimique capable de décontaminer les eaux insalubres, voient dans les pays émergents de formidables marchés à conquérir : installation de stations d'épuration et d'immenses quantités de canalisations ; vente de produits chimiques ; recherches géologiques pour trouver des nappes aquifères... Le risque, pour les pays "clients", est que ces industriels gardent la main mise sur la production d'eau potable, mettant ainsi les populations à leur merci en tirant un profit exagéré d'un bien commun à toute l'humanité.

À Cebu City, aux Philippines, les habitants vivent 6 à 8 mois par an sur cette eau stagnante. Qui leur sert à boire, faire la cuisine et se laver.

Un futur meilleur ?

L'avenir de la disponibilité de l'eau est très incertain. La croissance démographique, l'augmentation de la pollution, les dérèglements climatiques et autres problèmes écologiques liés à la modernité du monde, risquent d'entraîner les populations les plus démunies, notamment en eau, vers une pauvreté encore plus grande encore. L'espoir vient cependant de la prise de conscience des enjeux écologiques et humanitaires. Il semblerait que les intérêts d'un développement durable, ainsi que le rôle essentiel de l'eau pour tous, commencent à être compris, et de nombreuses forces se mobilisent sur la planète pour y parvenir.

Eau et nourriture passent bien avant l'éducation. Des millions d'enfants de par le monde sont chargés d'aller chercher l'eau potable pour leur famille (ici, au Cambodge) et ne sont pas scolarisés.

Creuser des puits dans le lit des rivières à sec en été est l'une des méthodes possibles pour se procurer une eau à peu près potable, comme ici, au Myanmar (ex. Birmanie).

Près de 4 500 enfants meurent chaque jour, et ce avant leur cinquième anniversaire, à cause d'eau non potable, d'un mauvais assainissement et d'une mauvaise hygiène.

L'assainissement, c'est-à-dire l'évacuation et le traitement des déchets corporels (excréments, urines) est une des clés pour réduire les maladies liées à l'eau. Si ces déchets n'étaient pas rejetés dans les eaux à proximité des habitants (utilisation de toilettes ou latrines), on pourrait éviter 400 millions de malades par an.

Vivre sans eau, ou presque...

Même dans les déserts où elle est pourtant quasiment absente, l'eau reste indispensable à toute forme de vie. La conserver, la stocker ou l'économiser est vital et certains végétaux et animaux ont réussi à développer des techniques pour survivre dans ces milieux hostiles.

L'uromastyx ou "fouette-queue" vit dans les zones désertiques du Sahara. Pour se rafraîchir, il creuse un long terrier dans lequel la chaleur est constante. Son apport en eau est assuré par les insectes qu'il chasse et les végétaux qu'il consomme. Ceux-ci, chargés en sel, vont, comme ses écailles épaisses, limiter sa transpiration.

Dans le désert du Namib, l'eau est totalement absente des dunes. Cependant, ces petits ténébrions du désert ont une technique bien particulière pour collecter leur eau quotidienne : au petit matin, ils se hissent en haut des dunes, là où circule le vent chargé d'humidité, et penchent leur tête très bas, de manière à créer une pente. La rosée, qui finit par s'accumuler sur leur dos, descend alors en gouttes avec lesquelles ils s'hydratent !

Afin d'économiser l'eau, certains animaux comme les reptiles retiennent leur eau en expulsant des matières fécales très sèches et une urine très concentrée. D'autres ont développé une morphologie qui leur permet de se rafraîchir, comme le fennec avec ses grandes oreilles.

Le cardon, que l'on rencontre au Mexique, est considéré comme le plus grand cactus au monde. Un exemplaire a été découvert sur l'île de Santa Catalina, en mer de Cortès (golfe de Californie) : il pèse plus de 25 tonnes pour une hauteur de 18 m !

Ce crapaud d'Afrique de l'Ouest se protège des fortes chaleurs diurnes en s'enfouissant dans la terre, où il trouve l'humidité nécessaire à sa survie. Dans d'autres régions d'Afrique, certaines espèces d'amphibiens restent plusieurs mois enfouies dans le sol, attendant l'averse au cours de laquelle ils vont sortir, se nourrir et se reproduire.

Avec une croissance très lente, le cactus géant de Saguaro, que l'on trouve dans le désert de l'Arizona (Amérique du Nord), atteindra une hauteur de 15 m au terme de sa vie, à 200 ans ! À cette taille, il stocke environ 3 000 litres d'eau, permettant ainsi à de nombreux animaux de se désaltérer ou de s'abriter au frais dans des terriers le long de ses racines.

Certains serpents, comme ici le crotale durisse sud-américain, sont parfaitement adaptés aux milieux arides. Pendant les fortes chaleurs de la journée, ils restent à l'abri de leur terrier et ne sortent qu'à la nuit tombée. Les fossettes thermosensibles qu'ils possèdent à côté de leurs narines leur permettent de détecter les proies par la chaleur qu'elles émettent. Ces proies, essentiellement des rongeurs et des oiseaux, sont leur principale source d'hydratation.

Les déserts ne sont pas si déserts que ça ! Le grand désert du Sahara (Afrique du Nord) contient à lui seul plus de 1 200 espèces de plantes à fleurs et la Vallée de la Mort (Californie) en contient plus de 1 000.

En hiver, certains animaux comme les ours bruns entrent en hibernation, période pendant laquelle les conditions climatiques ne leur permettent pas de trouver leur nourriture. À l'inverse, d'autres entrent en estivation lorsque les températures de l'été atteignent des seuils intolérables.

Quand l'eau est une menace

Si le réchauffement climatique est un risque pour l'homme par les excès de précipitations ou de sécheresses qu'il entraîne, de nombreuses populations sont directement menacées par l'eau, qui véhicule des maladies comme le choléra ou le paludisme.

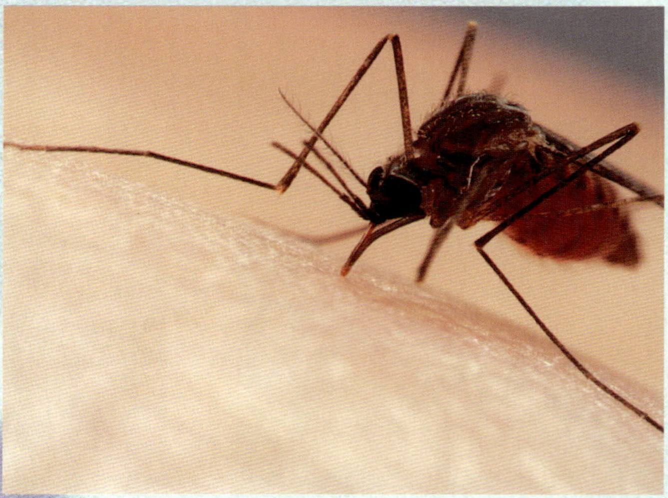

Les anophèles sont des moustiques qui peuvent transmettre le paludisme.

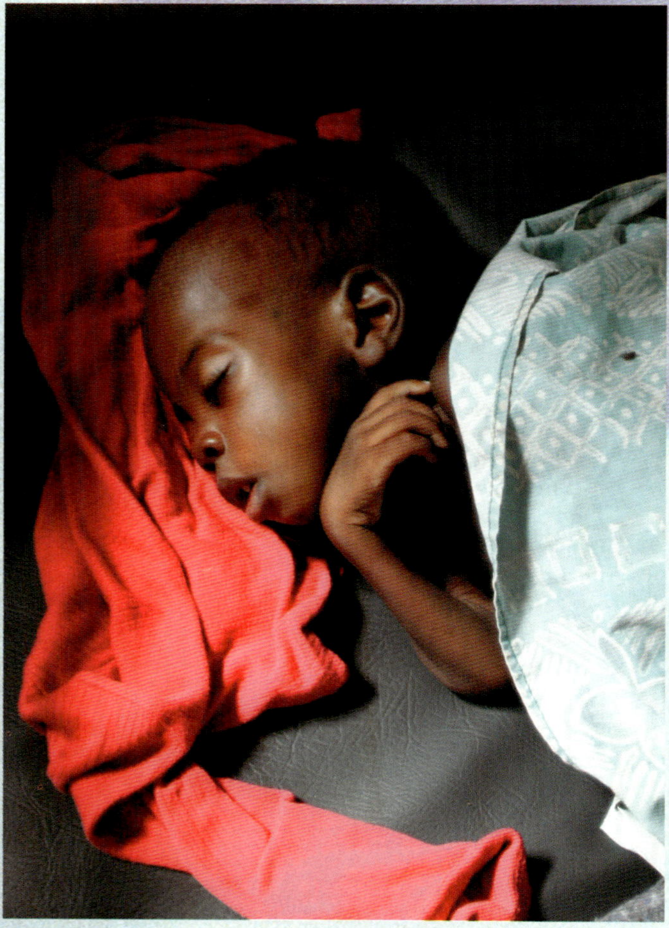

Le "mauvais air"...

L'eau est le milieu de ponte des moustiques, qui y déposent leurs œufs. Dans de nombreux pays tropicaux et particulièrement en Afrique, à proximité d'eaux stagnantes, insalubres et souvent polluées, ces insectes sont porteurs d'un parasite, le *Plasmodium* et le transmettent à l'homme par les piqûres. Ce parasite va se multiplier dans le corps et attaquer le foie et les globules rouges du sang, entraînant des accès épisodiques de fièvre particulièrement violents. Cette maladie s'appelle le paludisme, ou malaria ("mauvais air" en italien), et tue plus d'un million de personnes par an, en majorité des enfants en bas âge. Face aux menaces qui pèsent sur l'humanité, le paludisme est – de loin – celle qui fait le plus de victimes. En 2006, 247 millions de cas ont été recensés par l'Organisation mondiale pour la Santé (OMS), mais on estime que le nombre total de personnes infectées se situe entre 350 et 500 millions.

Quand un enfant souffre de malnutrition, comme ce petit garçon dans un hôpital au Malawi, son organisme ne peut développer suffisamment de résistance contre le paludisme. Seuls un traitement adapté et une bonne alimentation peuvent le guérir.

Le typhon Morakot, qui a frappé le sud-est asiatique et notamment l'île de Taïwan en août 2009, a causé des centaines de morts, blessés et disparus. Les gigantesques coulées de boues et les crues des rivières ont privé pendant plusieurs jours plusieurs centaines de milliers de personnes d'eau et d'électricité.

Selon un rapport de l'Organisation mondiale pour la Santé (OMS), le décès d'un enfant sur cinq en Afrique est dû au paludisme. Chaque enfant atteint subit entre 1,6 et 5,4 accès de fièvre par an. Sur ce continent, un enfant meurt de cette maladie toutes les 30 secondes.

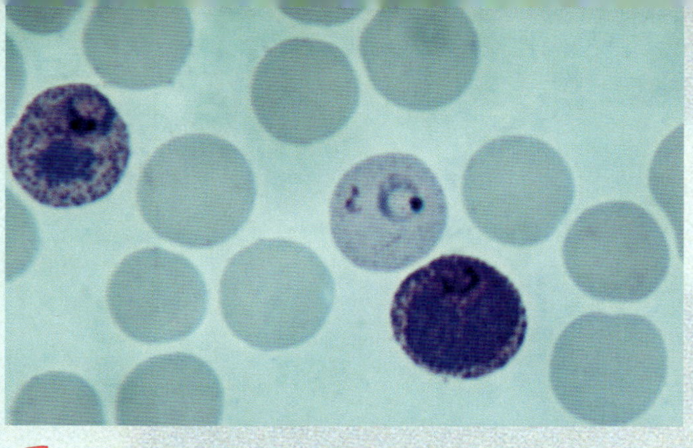

Cette photographie montre (en violet) 3 globules rouges infestés par le parasite Plasmodium. *La multiplication du parasite finit par provoquer l'éclatement des cellules en entraînant des accès de fièvre.*

Une vieille maladie

La lutte contre le paludisme est possible. Cette maladie sévissait en Europe, et particulièrement en France, au XIXe siècle, mais les moyens mis en œuvre, principalement l'assèchement des marais et la création d'égouts abrités, ont permis de l'éradiquer totalement. Aujourd'hui, il n'est plus nécessaire de recourir à la destruction des milieux aquatiques tant notre compréhension de la maladie a fait des progrès. La combinaison de plusieurs techniques de prévention et de soins pourrait venir à bout de ce fléau en quelques années seulement.

La lutte contre le paludisme doit passer par la prévention. Ici, dans la ville de Maroua (Cameroun), un technicien pulvérise de l'insecticide dans l'eau d'un fossé pour tuer les larves de moustiques. Cependant, cette pratique entraîne à la longue une pollution chimique importante.

Et pourtant, ça se soigne !

Ainsi, une meilleure gestion des eaux usées éviterait les pollutions domestiques et la propagation des parasites : traitement biologique des eaux de surface, drainage, fermeture des fossés d'eaux usées... L'utilisation massive de moustiquaires imprégnées d'insecticides permettrait de détruire une grande partie des moustiques, de se protéger pendant la nuit et d'éviter de diffuser l'insecticide dans la nature. Enfin, la distribution permanente de traitements adaptés pourrait soigner les personnes infectées par le parasite.

... et les autres

Le paludisme n'est pas la seule maladie liée à une eau de mauvaise qualité. Une quinzaine de maladies dont le choléra, la leishmaniose, la dengue, ou encore la lèpre affectent près d'un milliard de personnes sur la planète. Toutes ces pathologies sont dues à une eau insalubre. Elles ont été baptisées “maladies tropicales négligées”, parce que les populations touchées ne représentent que peu d'intérêt : elles sont très pauvres et donc incapables de payer pour un traitement adapté. Pourtant, la plupart de ces maladies pourraient, moyennant une volonté forte et un investissement raisonnable, être totalement supprimées de ces régions.

En l'absence de médicaments, certaines populations ont recours à des techniques ancestrales, comme ce guérisseur pygmée qui soigne un enfant atteint avec des plantes. Si ces méthodes peuvent s'avérer utiles, elles sont insuffisantes face à la puissance du paludisme.

Des recherches menées par des organismes canadiens ont démontré, dans une étude effectuée au Kenya, que l'utilisation de moustiquaires imprégnées d'insecticide a permis de réduire de 33 % la mortalité chez les enfants de moins de 5 ans. Cette technique, à elle seule, pourrait sauver 500 000 enfants chaque année.

Le paludisme a cette particularité de rester à vie dans le corps d'une personne infectée. Néanmoins, l'action des médicaments pris lors des accès de fièvre entraîne, à la longue, une certaine immunité des patients face à l'activité du parasite.

De l'or... en bleu

L'eau est, comme l'air, un bien commun et indispensable que toutes les formes de vie sur Terre doivent se partager. Et comme chacun de nos actes a une portée significative, cela implique que, pour un partage durable, nous devons penser à la fois localement et globalement et corriger certaines de nos habitudes...

Simplement y penser...

Protéger l'eau signifie qu'il ne faut pas rejeter de polluants en milieu naturel et qu'il faut n'en consommer que le nécessaire. Il est important de ne pas la gaspiller en adoptant les bons gestes quotidiens, comme ne pas la laisser couler inutilement, utiliser celle du rinçage des légumes pour arroser les plantes, ou récupérer celle de la pluie pour le jardin. Il faut également éviter de déverser des détergents agressifs, pesticides, désherbants, dans l'environnement, et utiliser des produits écologiques, des savons naturels fabriqués localement.

Prévoir systématiquement l'impact de nos gestes sur l'environnement est la meilleure méthode pour continuer de protéger l'eau. La voir disparaître dans le siphon du lavabo ou dans la terre du jardin nous maintient dans une certaine forme d'ignorance. Mais penser de façon volontaire que tout ce que nous y injectons de toxique finit dans le lit d'un fleuve, les organes d'un poisson ou d'un oiseau, doit nous inciter à ne plus répandre de polluants.

... consommer autrement...

L'eau entre pour beaucoup dans les produits que nous consommons, avec des impacts conséquents pour la nature. Si l'on ajoute l'augmentation de la demande sur Terre, on comprend qu'il est nécessaire de modifier nos habitudes, notamment dans le domaine alimentaire, comme réduire notre consommation de viande. Beaucoup de progrès ont été réalisés ces dernières années, comme la valorisation des déchets après le tri (papiers, métaux, verre), ce qui a réduit les prélèvements d'eau dans l'industrie. Néanmoins, la route reste longue et le succès passera inévitablement par les comportements de chacun d'entre nous.

Les 158 parties signataires de la Convention de Ramsar ont inscrit 1 755 zones humides, pour une superficie totale de 161 millions d'hectares, sur la liste des zones humides d'importance internationale.

Les gels pour la douche ou le bain ne sont pas très recommandables, car leur texture douce qui les rend agréables donne l'impression qu'ils sont plus difficiles à rincer et entraîne une plus grande consommation d'eau.

... pour les autres

Ne jamais oublier qu'un cinquième de la population mondiale n'a pas d'accès à une eau potable, ni même salubre. Un enfant atteint de paludisme et souffrant de malnutrition ne peut pas être scolarisé et, s'il survit, est condamné à une vie de misère. L'engagement en faveur d'une répartition et d'un accès à l'eau pour tous concerne chacun d'entre nous, et commence par le respect de celle que nous prélevons, consommons et relâchons dans la nature. C'est une affaire de volonté. On peut aussi poursuivre cet engagement par le soutien ou la participation à des actions d'ONG, ou en agissant auprès de nos élus pour préserver ce trésor qui nous a été donné.

LAISSONS-LES EN PAIX !

Les sols sont un maillon indispensable au cycle naturel de l'eau : ils la purifient, la stockent, et la rendent lentement à l'air et aux végétaux par évaporation. Pollués, asséchés, bitumés ou soumis à l'érosion, l'eau ne fait plus que ruisseler sur leur surface, entraînant avec elle les résidus de nos consommations, ce qui les rend encore plus pauvres après chaque passage. Alors, planter des arbres, réhabiliter le bocage, pratiquer globalement une agriculture extensive, ou réintroduire de la végétation dans les grandes villes sont des gestes qui contribuent à améliorer le cycle naturel de l'eau. Mais gardons-nous de vouloir domestiquer la nature en tentant de reconstruire ce que l'on a détruit. Malgré les apparences, nous connaissons très mal notre planète et l'ensemble des interactions qui régissent les milieux et les êtres vivants entre eux. Un bois planté ou un square ne remplaceront jamais une forêt primaire ni une prairie sauvage…

Partout dans le monde, réhabiliter les sols et les végétaux, afin de réhabiliter le cycle de l'eau, les puits de carbone et les écosystèmes. Face au réchauffement climatique et à la montée des eaux, remettre en route un processus de stockage naturel ne peut pas faire de mal.*

Les petites rivières font les grands fleuves ! Chaque litre d'eau économisé peut, à lui seul, paraître insignifiant, mais multiplié par les milliards d'individus que nous sommes sur terre, cela représente une masse hydrique colossale. Alors, pensons-y !

2 200 communes sont traversées par les voies navigables confiées à VNF, dont 18 communes de plus de 100 000 habitants. 12,8 millions d'habitants vivent dans des villes traversées par une ou plusieurs voies navigables.

Le rôle de Voies navigables de France (VNF) depuis sa création a considérablement évolué, au gré de l'augmentation du trafic fluvial (+ 40 % sur les quinze dernières années) et des attentes croissantes des élus et des citoyens vis-à-vis de la voie d'eau, qu'elle soit "transport", "touristique", "sportive", "réserve naturelle de biodiversité" et "réserve d'eau" tout simplement...

En effet, en tant qu'acteur de la bonne gestion de l'eau, VNF met ses engagements environnementaux au service de cette activité à travers plusieurs actions :

- protection de berges par des techniques végétales non agressives et non polluantes ;
- objectif "0" produit phytosanitaire pour entretenir les berges ;
- restauration de la continuité piscicole en équipant les barrages de passe à poissons ;
- concilier l'exploitation du réseau avec une gestion optimisée de la ressource en eau : prises d'eau réglementées et équipées d'instruments de mesure ;
- préservation de la faune et de la flore en évitant les vidanges de biefs lors des travaux d'entretien des écluses par exemple ;
- analyser les sédiments avant les opérations de dragage, mais également les réutiliser et les valoriser au mieux ;
- accroître notre connaissance des milieux naturels ;
- former l'ensemble des agents à ces approches, ces techniques, cette culture du respect de l'eau, des voies d'eau ;
- informer, sensibiliser, inciter, accompagner... nos différents publics.

Le Grenelle de l'Environnement et l'Engagement gouvernemental en faveur du transport fluvial ont donné à VNF une feuille de route exigeante et dynamique en faveur du développement de la voie d'eau pour qu'elle participe au transfert modal indispensable pour soulager nos routes... et notre planète. On peut ainsi décrire les quatre principaux "métiers" de VNF :

- Gérer et exploiter 6 700 km de voies navigables tout en valorisant le domaine public fluvial (40 000 hectares), en coordination avec les collectivités locales et les usagers.
- Assurer la gestion hydraulique de ces voies navigables et veiller au bon usage de l'eau en coordination avec les agences de l'eau notamment.
- Développer le trafic fluvial dont la Loi Grenelle a fixé le doublement (objectif de 25 % de transfert de fret sur des modes alternatifs à la route d'ici 2020).
- Réaliser, en tant que maître d'ouvrage, le canal à grand gabarit Seine-Nord Europe, projet phare du Grenelle de l'Environnement pour ses vertus économiques et écologiques. Ce canal reliera dès 2015 le bassin de la Seine aux 20 000 km du réseau fluvial à grand gabarit du nord de l'Europe.

Ses activités sont pratiquées avec un fil conducteur "environnemental" qui fait en permanence évoluer les interventions (dragage et gestion propre des sédiments...), les techniques (berges végétales...) pour respecter les milieux naturels, les développer, voire les restaurer (passes à poissons, frayères...)

Repères :

VNF est un EPIC : Établissement public à caractère industriel et commercial, créé en 1991 et qui succède à l'Office national de la Navigation.

Il est sous tutelle du ministère de l'Écologie, de l'Énergie, du Développement durable et de la Mer.

4 400 personnes travaillent pour la voie d'eau en France. 350 sont des agents de droit privé VNF et 4 050 sont des agents du ministère du Développement durable, mis à disposition de VNF.

Son siège est à Béthune (62). Ses services sont organisés en sept directions territoriales et soixante-huit subdivisions territoriales pour être au plus près du terrain.

 www.vnf.fr Tél : 03 21 63 24 24

Pour aller plus loin

Livres :

L'eau un trésor en partage
Dunod
Ghislain de Marsily

Atlas Mondial de l'eau
Editions Autrement
Salif Diop et Philippe Rekacewicz

L'eau dans le monde, les batailles pour la vie
Petite encyclopédie Larousse
Yves Lacoste

Sites internet :

L'association scientifique et technique pour l'eau et l'environnement :
http://www.astee.org

Centre d'information de l'eau :
http://www.cieau.com

Centre National de la Recherche Scientifique (CNRS) :
http://www.cnrs.fr

Notre planète :
http://www.notre-planete.info/

Organisation mondiale pour la Santé :
http://www.who.int/fr/

Univers-Nature :
http://www.univers-nature.com

Voies navigables de France :
http://www.vnf.fr

Lexique

carottage
Prélèvement d'un échantillon du sol (terrestre ou marin) que l'on fait avec un tube dans le sous-sol. L'échantillon prélevé s'appelle une carotte.

densité
Rapport entre la masse d'un corps pour un volume donné et celle d'un volume d'eau équivalent. En effet, l'eau sert d'unité pour calculer la densité des solides et des liquides. Pour un gaz, on se sert de la masse volumique de l'air comme référence.

écosystème
Ensemble formé par un milieu naturel (forêt, étang, désert...) et toutes les espèces animales et végétales qui y vivent.

effet de serre
Phénomène naturel qui permet à notre planète de retenir la chaleur solaire dans l'atmosphère et de maintenir ainsi une température vivable sur la Terre. L'excès de gaz rejeté par les usines ou par les voitures accentue ce phénomène, ce qui augmente la température de notre planète.

évapotranspiration
Perte d'eau du fait de l'évaporation à la surface de la terre et de la transpiration des plantes.

molécule
Particule de matière constituée d'un assemblage d'atomes reliés entre eux dans un ordre précis.

OGM (organisme génétiquement modifié)
Organisme vivant (animal ou végétal) dont les gènes ont subi une modification dûe à l'intervention de l'homme. Pour obtenir cette modification, des gènes ont été ajoutés ou supprimés.

photosynthèse
Réaction physico-chimique qui n'existe que chez les végétaux et qui permet à la chlorophylle des plantes, grâce à la lumière et à un apport d'humidité, de transformer le gaz carbonique en matières nutritives.

résurgence
Endroit où un réseau d'eau souterraine surgit à la surface.

salinité
Désigne la quantité de sels dissous dans un liquide.

sédiments
Ce sont les restes des organismes du plancton (squelettes, coquilles) et des débris de roches (sables, graviers...) apportés par les fleuves qui se déposent, couche après couche, au fond des océans.

sels minéraux
Substances indispensables à la croissance des êtres vivants. Les plantes les trouvent dans la terre, les algues dans l'eau. Les animaux les tirent des végétaux ou des proies qu'ils mangent. Plus un milieu est pauvre en sels minéraux, moins il héberge d'habitants.

solution
Mélange liquide des molécules de deux ou plusieurs substances, lesquelles peuvent être solides, liquides ou gazeuses.

Index

H

I - J - K

L

M

N

O

P

Q - R

S

T - U

V à Z

Crédit photographique

1re de couverture, dessin : Marc Simonetti ; hg : O. Soury ; hd : Biosphoto / B. Svensonn / SPL – 4e de couverture : O. Soury – Page de titre, h : K. Descamps – b : C. Ruoso ; 3 : Biosphoto / E. Lattes – 4 h : M. et Ch. Denis-Huot ; b : M. et Ch. Denis-Huot – 5 h : Biosphoto / Norbert Wu ; m : Biosphoto / M. Edwards / Still Pictures ; b : Biosphoto / Isaac John / Still Pictures – 6 : Biosphoto / R. Wainscoat / Peter Arnold – 7 h : A. Pons ; b : M. et Ch. Denis-Huot – 8 : V. Favre – 9 hd : O. Soury ; bd : K. Descamps – 10 h : Biosphoto / M. Gunther ; dessins : L. Favreau –11 h, dessin : L. Favreau ; m : Costa / Leemage ; b : Biosphoto / M. Gunther – 12 hg : D. Wambach ; b : O. Soury – 13 hg : O. Soury ; dessin : L. Favreau ; b : O. Soury –14, photo : M. et Ch. Denis-Huot ; dessin : Luc Favreau – 15 h : M. Chatelain ; bg : O. Soury ; bd : O. Soury – 16, dessins : L. Méhée – 17 hd : O. Soury ; b : M. et Ch. Denis-Huot – 18-19 : L. Blondel-COREDOC – 20 h : M. et Ch. Denis-Huot ; bg : C. Ruoso : bd : O. Soury – 21 h : G. Soury ; m : Biosphoto / M. Carwardine – 22-23, photo : O. Soury ; tableau : I. Mayer – 24 hd : Ch. Sidamon-Pesson ; b : O. Soury – 25 h : O. Soury ; bd : M. et Ch. Denis-Huot – 26-27, carte : J.-.B. Neny – 28 : M. et Ch. Denis-Huot – 29 hd : O. Soury ; bg : M. Loup ; bd : Biosphoto / P. Gendell / Still Pictures – 30-31 : NASA – 32 b : O. Soury – 33 hg : Biosphoto / Th. Montford ; bd : Biosphoto / Th. Montford – 34-35 : Biosphoto / M. Vincent et E. Studler – 35 h : NASA ; b : O. Soury – 36 h : K. Descamps ; b, dessins : L. Blondel-COREDOC – 37 hd : Biosphoto / R. Discherl ; md : Biosphoto / J.-L. et F. Ziegler ; b : M. et Ch. Denis-Huot – 38 h : O. Soury ; b, dessins : A. Veaux – 39 hd : O. Soury ; m : Biosphoto / J.-C. Munoz ; bg : Biosphoto / R. Le Guen – 40 hg : K. Descamps ; m : G. Soury ; b : M. et Ch. Denis-Huot – 41 h : M. Loup ; bg : O. Soury ; bd : O. Soury – 42 h : Biosphoto / A. Arnaud ; m, dessin : J.-J. Hatton ; b : C. Ruoso – 43 h : Biosphoto / F. Fève ; b : Biosphoto / E. Lattes – 44 h : G. Soury ; b : Biosphoto / Norbert Wu – h : Biosphoto / Norbert Wu ; bg : Biosphoto / Klein et Hubert ; bd : C. Ruoso – 46-47 : L. Blondel-COREDOC – 48 h : Biosphoto / Cl. Thiriet ; b : Biosphoto / A. et G. Bescond – 49 hg : Biosphoto / M. Gunther / Mau ; hd : Biosphoto / O. Digoit ; b : Biosphoto / K. Lohua / UNEP / Still Pictures – 50 : C. Ruoso – 51 h : K. Descamps ; b : C. Ruoso – 52 : Biosphoto / G. et M. Moss / Still Pictures – 53 h et m : NASA ; bd : Biosphoto / M. Gunther – 54 hd : Biosphoto / Cl. Thiriet ; bg : Biosphoto / M. Edwards / Still Pictures – 55 h : C. Ruoso ; m : Biosphoto / Hellio et Van Ingen ; bd : C. Ruoso – 56 h : Biosphoto / Cl. Thiriet ; b : Biosphoto / N. Dickinson / Still Pictures – 57 h : Biosphoto / R. Brook / SPL ; m : Biosphoto / J. Wark / Peter Arnold ; b : Biosphoto / A. Mafart-Renodier – 58-59 : Biosphoto / Das Fotoarchiv – 60 h : G. Soury ; m : Biosphoto / K. Adam / UNEP / Still Pictures ; b : Biosphoto / E. Balança – 61 h : Biosphoto / Yu Qiu / UNEP / Still Pictures ; m : Biosphoto / M. Edwards / Still Pictures ; b : Biosphoto / J. Rajab / UNEP / Still Pictures ; b : Biosphoto / E. Balança – 62 h : Biosphoto / D. Rodrigues / UNEP / Still Pictures ; b : Biosphoto / Th. van Baelinghem – 63 h : Paul-Antoine Pichard ; b : Paul-Antoine Pichard – 64 h : Biosphoto / M. Gunther ; bg : Biosphoto / A. Montanier ; bd : Biosphoto / J.-F. Noblet – 65 hd : Mairie de Combaillaux ; bg : Biosphoto / J. Reboul ; bd : Mairie de Combaillaux – 66 : Biosphoto / Cl. Thiriet – 67 : Biosphoto / UNEP / Still Pictures – 68 h : Biosphoto / P. Rodrigues / UNEP / Still Pictures ; b : Biosphoto / Isaac John / Still Pictures – 69 h : Biosphoto / M. Edwards / Still Pictures ; bg : Biosphoto / B. Svensonn / SPL ; bd : Biosphoto / Bagan Maung / UNEP / Still Pictures – 70 h : O. Soury ; m : Biosphoto / Nigel J. Dennis – 71 hg : O. Soury ; hd : O. Soury ; b : Biosphoto / Roger Eritja – 72 h : Biosphoto / Darlyne-A. Murawski / Peter Arnold ; b : Biosphoto / M. Kolloffel / Still Pictures – 73 hg : Biosphoto / Ed Reschke / Peter Arnold ; bg : Biosphoto / M. Edwards / Still Pictures ; bd : Biosphoto / L. Astruc – 74-75 : Biosphoto / L. Piechegut – fond de frise : Olivier Soury.

Les pictogrammes illustrant la frise ont été dessinés par Nicolas Julo.
Les images DVD sont extraites du film : *Merveilles de l'Amazone*, Michael Bright, Emma Rigney © BBC.

VOIR LES ANIMAUX

VOIR L'HISTOIRE